도련님

세계문학산책 35
도련님

지은이 **나쓰메 소세키**
옮긴이 **붉은여우**
펴낸이 **안용백**
펴낸곳 **(주)넥서스**

초판 1쇄 인쇄 2013년 5월 15일
초판 1쇄 발행 2013년 6월 1일

출판신고 1992년 4월 3일 제311-2002-2호
121-840 서울시 마포구 서교동 394-2
Tel (02)330-5500 Fax (02)330-5555
ISBN   978-89-6790-153-0   04800

www.nexusbook.com
지식의 숲은 (주)넥서스의 인문교양 브랜드입니다.

세계문학산책 35

나쓰메 소세키

도련님

붉은여우 옮김 김욱동 해설

지식의숲

1

부모님께 물려받은 천성이 워낙 막무가내여서 손해만 보고 살았다. 초등학교 때 학교 건물 2층에서 뛰어내려 허리를 삔 적이 있었다. "2층에서 뛰어내려? 왜?" 하고 묻는다면 할 말은 없다. 새로 지은 건물 2층에서 고개를 쭉 빼고 내려다보는데, 같은 반 녀석이 날 보고는 대뜸 이러는 것이었다.

"거기서 뛰어내릴 용기는 없을걸? 이 겁쟁이야!"

그래서 그냥 뛰어내렸다. 학교 사환 형 등에 업혀서 집으로 돌아오니 우리 집 영감은 눈이 휘둥그레져서 나를 나무랐다.

"아니, 도대체 2층 건물에서 뛰어내려 허리를 삐는 멍청한 녀석이 어디 있냐?"

나는 이렇게 대답했다.

"그럼 다음에는 허리를 삐지 않게 뛰어내릴게요."

친척에게 서양제 칼 한 자루를 받았다. 날렵하게 빠진 칼날을 햇빛에 요리조리 비춰 가며 친구들에게 자랑을 하고 있는데 한 녀석이 빈정거렸다.

"광은 나는데, 뭐 하나 제대로 자를 것 같진 않아."

"안 잘리는 게 어디 있어! 어디 다 갖고 와 봐! 내 칼이 얼마나 잘 드는지 보여 주지."

나는 큰소리를 쳤다.

"그럼, 네 손가락 한번 잘라 보지 그래."

"뭐, 손가락? 그것쯤 문제도 아니지."

칼날로 오른손 엄지손가락을 쓱 베었다. 다행히 칼이 작았고, 엄지손가락 뼈가 단단해서 아직도 엄지손가락은 손에 붙어 있다. 하지만 그 상처는 죽을 때까지 없어지지 않을 것이다.

마당 동쪽으로 스무 발자국 정도 걸어가면 좁다란 채소밭이 있고, 그 가운데 밤나무가 서 있었다. 밤 열매가 떨어질 때가 되면, 아침에 일어나자마자 현관문을 박차고 나가서 떨어진 밤들을 주워 학교에 가지고 가서 먹었다.

채소밭 서쪽 담은 '야마시로야'라는 전당포집 마당과 이어지는데, 이 집에 간타로라는 열서너 살쯤 된 아들이 하나 있었다.

간타로, 이 녀석은 겁쟁이였다. 겁쟁이 주제에 슬금슬금 눈치를 보면서 밤을 훔치려고 호시탐탐 기회를 노렸다. 어느 날 저녁, 나는 쪽문 뒤에 숨어 있다가 간타로 녀석을 붙잡았다. 도망갈 구멍을 찾지 못한 간타로는 죽기 살기로 달려들었다.

그 녀석은 나보다 두 살이 더 많았다. 겁쟁이인 주제에 힘은 또 장사였다. 짱구 머리를 내 가슴팍에 들이대고 무작정 밀어붙였는데 그 녀석의 머리가 내 소매 속으로 쑥 박혀 버렸다. 팔을 마구 저어 댔더니 간타로 녀석의 머리통이 이리저리 흔들렸다. 녀석이 내 팔을 꽉 물었다. 그 순간 나는 그놈의 머리통을 담 밑으로 뿌리치고는 발로 차서 자빠뜨렸다.

간타로는 꼴사나운 모습으로 자기네 집 쪽으로 곤두박질쳐 버렸다. 그리고 땅바닥에 처박히고 말았다. 그놈의 머리통이 빠져나갈 때 내 옷 소매도 떨어져 나가 버렸다. 그날 밤 엄마가 야마시로야에 가서 사과를 하고 돌아오는 길에 한쪽 소매를 찾아 가지고 오셨다.

또 어느 날은 후루카와네 우물을 흙으로 메워 버린 적도 있었다. 우물은 땅속 깊숙이 받아 둔 죽순대를 타고 물이 솟게 해서 근처 논에 물을 대는 장치였다. 우물 안에 돌이랑 나무토막을 꾸역꾸역 밀어 넣고는 더 이상 물이 안 나오는 것을 확인하고 집으로 돌아왔다. 아마도 우리 집 영감이 벌금을 내서 그 사

건이 마무리됐던 것 같다.

우리 집 영감은 한 번도 나를 예쁘게 봐 준 적이 없다. 엄마도 형만 예뻐했다. 형은 얼굴이 유난히 하얬는데, 연극 놀이를 하면 여자 흉내 내는 것을 좋아했다.

"저 녀석은 사람 구실 하긴 틀린 놈이야."

우리 집 영감은 나를 볼 때마다 이렇게 말했다. 그러면 엄마가 거들었다.

"애가 어쩜 저렇게 제멋대로 구는지 원, 앞으로 뭐가 되려나 몰라."

맞다. 난 대단한 놈은 못 된다. 엄마가 병으로 돌아가시기 2, 3일 전, 부엌에서 재주를 넘다가 부뚜막에 갈비뼈를 부딪쳐 몹시 아팠던 기억이 있다. 엄마는 노발대발하면서 소리쳤다.

"너 같은 놈은 꼴도 보기 싫어!"

그래서 친척 집에 가 있었는데, 며칠 지나지 않아서 엄마가 돌아가셨다고 연락이 왔다. 그렇게 금방 돌아가실 줄은 몰랐다.

'그렇게 많이 아픈 줄 알았으면 좀 얌전히 굴었을 텐데.'

그냥 잠시 이렇게 생각했다. 집으로 돌아왔더니 형이 소리쳤다.

"야, 이 자식아! 너 때문에 어머니가 빨리 돌아가신 거야."

속이 상해서 형의 귀싸대기를 후려쳤다가 우리 집 영감한테 엄청나게 혼이 났다. 엄마가 돌아가신 뒤로 영감, 형, 그리고 나

셋이서 살았다. 형은 커서 사업을 하겠다며 영어 공부를 열심히 했다. 그런 형은 천성이 아주 교활했기 때문에 나와 사이가 좋지 않았다. 열흘에 한 번꼴로 싸움질을 했다. 어느 날 형이랑 장기를 두었는데, 비겁한 수로 남의 말이 나갈 길을 막아 버렸다. 내가 어쩔 줄 몰라 쩔쩔매고 있으니까 기분 좋은 듯 빈정댔다. 나는 너무 화가 나서 들고 있던 장기짝을 형의 이마에다 던져 버렸다. 이마가 터져 피가 뚝뚝 떨어졌다. 형은 영감에게 일러바쳤고, 우리 집 영감은 으름장을 놓았다.

"호적에서 파내겠다."

그때는 영감의 맘을 돌릴 방법이 없겠구나 싶었다. 그런데 10년 넘게 살림을 돌봐 주던 가정부 기요가 영감 앞에 무릎을 꿇고 울면서 빌어 겨우 영감의 맘이 누그러졌다. 이러는데도 우리 집 영감이 무섭다는 생각이 들지 않았다. 오히려 기요가 가여웠다.

우리 집 가정부 기요는 원래 명문가의 처녀였는데, 도쿠가와 막부가 무너지면서 집안 전체가 몰락하여 결국 남의집살이를 하게 되었다고 한다.

"기요, 기요."

이렇게 불렀지만 나이는 할머니뻘이었다. 그런데 이 할머니가 어찌된 영문인지는 몰라도 나를 끔찍이 챙겨 주었다. 엄마도 돌아가시기 사흘 전에 이미 나에게 정을 뗀 데다 영감은 늘 골

칫거리로만 여기고, 동네에서도 몹쓸 망나니 취급을 받는 나를 기요는 몹시 애지중지했다. 남의 호감을 살 성격은 아니라고 생각하고 있었기 때문에 남들이 곱지 않은 시선으로 보는 것쯤은 아무렇지도 않았다. 오히려 기요처럼 나에게 곰살궂게 굴면 이상하게 느껴졌다.

"도련님은 성품이 대쪽 같으셔서 좋아요."

기요는 가끔 아무도 없으면 나를 칭찬하곤 했는데, 무슨 뜻인지 알 수가 없었다.

"나는 누가 아부하는 것 듣기 싫어."

"그러니까 대쪽 같다는 거예요."

기요는 웃으며 나를 바라보았다. 엄마가 돌아가시고 나서 기요는 점점 더 나를 예뻐했다. 때로는 어린 마음에 부담스럽기도 했다. 쓸데없는 짓은 그만하면 좋겠다고 생각했는데 가끔은 기요가 딱해 보이기도 했다. 어쨌든 기요는 늘 나를 아꼈다. 가끔씩 자기 돈으로 과자나 가락엿을 사 주기도 했고, 어느 추운 밤에는 몰래 사 두었던 메밀가루를 꺼내 미음을 만들어 내 머리맡에 놓아두기도 했다. 냄비우동을 사 줄 때도 있었다.

먹는 것뿐만이 아니었다. 양말도 사 주었다. 연필도 받았다. 가끔씩 공책도 받았다. 한참 뒤의 일이기는 하지만 돈도 3엔(당시 1엔은 현재 3천5백 엔 정도에 해당한다.)이나 꿔 주기도 했다. 내

가 빌려 달라고 한 것은 아니었다. 그냥 내 방으로 와서 돈을 건
넸다.

"용돈이 없어서 곤란하시죠. 이것으로 필요한 것 사서 쓰세
요."

"필요 없어."

무뚝뚝하게 대답했지만, 굳이 건네주기에 받아 두었다. 사실
속으로는 만세를 외쳤다. 그런데 그 3엔을 지갑에 넣고, 지갑을
호주머니에 넣은 채 변소에 갔다가 볼일을 보고 바지를 올리는
데 그만 지갑이 똥통에 빠지고 말았다. 별 수 없이 어기적어기
적 나와서 기요에게 얘기했다.

"제가 꺼내 올게요."

기요는 어디선지 재빨리 대나무 막대기를 주워 와서는 변소
로 달려갔다. 방 안에 있는데, 우물가에서 '쏴쏴' 하는 물소리가
들려왔다. 나가 봤더니 기요가 대나무 끝에 걸려 있는 지갑을
물로 씻고 있었다. 지갑을 열어 보니 1엔짜리 지폐가 적갈색으
로 물이 들어 있었다. 기요는 아궁이로 달려가 적갈색 지폐 석
장을 말리더니 나에게 내밀었다.

"이젠 됐죠?"

나는 그 돈을 코에다 들이대 본 다음 똥 냄새가 난다고 했다.

"그럼 이리 주세요. 바꿔 드릴게요."

기요는 밖으로 나가더니, 잠시 뒤에 어디서 바꿨는지 적갈색 지폐 대신 은 동전 3엔을 내밀었다. 그 은 동전 3엔을 어디에다 썼는지는 생각나지 않는다.

기요는 언제나 우리 집 영감이랑 형이 외출하고 없을 때 내게 무엇을 주곤 했다. 다른 사람 몰래 혼자 득 보는 것만큼 싫은 것이 없다. 물론 형과는 사이가 안 좋았지만, 그렇다고 형 몰래 혼자 사탕을 받아먹거나 색연필을 받아 챙기기는 싫었다. 한번은 물어보았다.

"왜 나만 주고, 형은 주지 않는 거야?"

"형님은 아버님이 많이 사 주시니까 걱정할 것 없지요."

영감이 꽉 막히긴 했지만 편애 따위나 하는 치사한 사람은 아니었다. 하지만 기요 눈에는 영감이 형만 싸고도는 것처럼 보였나 보다. 정말로 내게 푹 빠져 있었는지도 모르겠다. 원래 지체 높은 집 규수였다지만, 배운 것이 없는 노인네니 어쩔 수 없었다. 그뿐이 아니었다.

사람이 한번 오해를 하면 그것처럼 무서운 것도 없다. 기요는 내가 장차 훌륭한 사람이 될 거라고 굳게 믿었다. 나름대로 공부를 꽤 하고 있던 형을 보고는 혼자 단정해 버렸다.

"얼굴색만 색시처럼 뽀얘서 영 도움이 안 돼."

그런 할머니한테는 당해 낼 방법이 없다. 자기가 좋게 생각한 사람은 틀림없이 훌륭한 사람이 되고 밉게 보는 사람은 반드시 거지가 될 것이라고 믿으니 말이다. 나는 당시 뚜렷하게 되고 싶은 것이 없었다. 그런데 기요가 옆에서 자꾸 훌륭한 사람이 될 거야, 될 거야 하니까 뭔가 될 것 같은 기분이 들기도 했다. 기요는 내가 집이라도 사서 독립을 하게 되면 나랑 같이 살 생각이었다.

"어딜 가시든 절 데려가 주세요."

"그래, 그럴게."

"어디서 살고 싶으세요? 고지마치가 좋으세요, 아니면 아자부 마을이 좋으세요? 전 마당에 그네를 매달아 둘 수 있는 서양식 집 한 채면 족해요, 도련님!"

자기 마음대로 집도 만들고 마당도 만들고 혼자 다 했다. 그 나이 땐 집 따위는 갖고 싶지도 않았다. 서양식 집이든 일본식 집이든 관심도 없었다.

"난 그런 것 하나도 필요 없어."

"도련님은 물욕도 없으시고 참 착하세요."

기요는 또 칭찬을 하는 것이었다. 기요는 내가 무슨 말을 해도 칭찬으로 답했다. 엄마가 돌아가신 뒤 5, 6년 동안은 늘 그런 상태로 지냈다. 영감한테서는 꾸지람을 들었고, 형하고는 싸움을 했다. 기요에게는 과자를 받아먹었다. 가끔 칭찬도 받아먹었고.

달리 고민거리도 없었다. 다만 우리 집 영감이 용돈을 잘 주지 않는 것에 정말 두 손 들었다. 엄마가 돌아가시고 6년째 되던 해 정월, 우리 집 영감도 뇌내출혈로 세상을 떴다. 그해 4월에 나는 사립 중학교를 졸업했고, 6월에는 형이 상업 전문학교를 졸업했다. 형은 어떤 회사 규슈 지점에 자리가 나서 집을 떠나야 했다. 나는 도쿄에서 학교를 더 다녀야 했다.

"집을 팔고 재산을 정리해서 부임지로 가야겠다."

"맘대로 해."

어차피 형에게 얹혀살 생각은 눈곱만큼도 없었다. 돌봐 준다지만 싸움질이나 하게 될 것이 뻔했다. 형에게 밥을 얻어먹으면 형이 말하는 대로 따라야 할 텐데, 그렇게 사느니 차라리 내가 우유 배달이라도 해서 먹고 살겠다고 마음을 굳게 먹었다.

다음 날 형은 동네 고물상에다 집 안 구석구석에 쌓여 있던 골동품과 잡동사니들을 헐값에 팔아 치웠다. 집은 마을 사람이 소개한 어떤 부자에게 팔았다. 이것은 꽤 돈이 됐을 테지만 자세한 것은 몰랐다. 기요는 몇 십 년이나 살던 집이 남의 손에 넘어가자 무척이나 섭섭해 했지만, 자기 집이 아니니 어쩌겠는가.

"도련님이 조금만 더 나이를 먹었더라면 여기를 물려받을 수 있었을 텐데."

나이를 더 먹는다고 집을 물려받을 수 있는 게 아닌데, 노인네라 아무것도 모르니, 나이가 좀 더 많았더라면 집을 가질 수 있었을 거라고 생각하는 것이었다.

형과 내가 떨어져 살게 됐으니 정작 처량하게 된 것은 기요였다. 형은 기요를 데리고 갈 처지가 아니었고, 기요도 형의 꽁무니를 따라 규슈 촌구석까지 갈 마음은 애당초 없었다. 나도 기요를 데리고 있을 형편은 아니었다. 다다미 넉 장 반짜리 하숙방에 살아야 했던 처지였고 여차하면 방을 빼야 했으니까. 안타깝기는 했지만 별수가 없었다. 그래서 기요에게 물었다.

"어디 다른 집 살림 봐 줄 생각은 없어?"

"도련님이 색시를 맞아서 집을 얻기 전까지는 할 수 없이 조카 신세를 져야지요."

기요로서는 오랫동안 고민하다가 정말로 어쩔 수 없이 내린 결론이었다. 기요의 조카는 재판소 서기였다. 그동안 몇 번 기요에게 자기와 같이 살자고 했지만 기요는 번번이 거절했었다.

"비록 남의집살이지만 그래도 오래 살아 익숙한 곳이 난 더 편해."

그래도 낯선 집에 가는 것보다 조카에게 신세를 지는 편이 낫다고 생각했나 보다.

"집 빨리 사세요. 그리고 빨리 절 다시 불러 주세요."

친혈육인 조카보다 남인 내가 더 좋았나 보다.

규슈로 떠나기 이틀 전, 형이 하숙방으로 찾아와서는 나에게 돈 6백 엔을 내밀었다.

"이 돈으로 장사를 하든지, 학교에 가든지 네 맘대로 해라. 이 제 널 돌봐 줄 사람은 없다."

형으로서는 큰 인심 쓴 것이겠지만 그깟 6백 엔, 안 받아도 상 관없었다. 하지만 고맙다고 말하며 돈을 받았다. 그리고 형은 또 50엔을 주었다.

"이건 기요의 몫이다. 네가 좀 전해 줘."

이틀 뒤 신바시 역에서 형과 헤어진 뒤로 우린 만난 적이 없다.

나는 이 6백 엔을 어디다 쓸지 생각해 보았다. 장사를 해 봤자 귀찮은 일은 못 참는 성격에 잘 꾸려 나갈 리도 없었고, 6백 엔 으로는 그럴듯한 장사를 할 수도 없었다. 그래서 나중에 장사를 하건 뭘 하건 일단 배우기로 했다.

1년에 2백 엔씩 학비로 쓰면 앞으로 3년은 더 공부할 수 있 고, 3년 동안 죽자고 공부하면 무엇이든 되겠지 하는 생각이었 다. 그다음에 어떤 학교에 들어갈지 생각해 보았는데 공부라는 것이 내 취미에는 영 안 맞았다. 특히 어학이나 문학은 꽝이었 다. 학교 책에 나와 있는 시 구절 하나 떠오르지 않았다. 뭘 해도 마찬가지라고 생각하며 길을 걷는데 물리 전문학교 앞에 붙은 '학생 모집' 광고가 눈에 들어왔다. 이것도 무슨 인연이겠지 하는 생각에 그 길로 등록해 버렸다. 지금 생각하면 이것도 부모에게서 물려받은 막무가내 기질이 낳은 실수였다.

어느덧 3년이 흘러 드디어 졸업을 해 버렸다. 어울리지 않는 일이기는 했으나 특별히 거부할 이유가 없어서 졸업장을 받아 두었다. 학교를 졸업하고 여드레째 되는 날, 교장이 날 찾았다.

"시코쿠에 있는 중학교에서 수학 교사가 필요하다네. 월급은 40엔인데, 생각이 있는가?"

사실 학교는 꾸준히 다녔지만 꼭 교사가 되겠다는 생각도, 다른 지방에 갈 생각도 없었다. 그렇다고 해서 다른 어떤 것이 되겠다는 생각도 없었기 때문에 그 자리에서 대답했다.

"가겠습니다."

3년 동안 다다미 넉 장 반짜리 하숙방에 틀어박혀 지내면서 꾸중 한 번 들은 적이 없었다. 싸움도 안 했다. 그나마 평탄한 시절이었다. 그러나 이제 상당히 멀리까지 기차를 타고 가야 했다. 시코쿠는 지도를 보면 바다가 닿는 부근에 파리똥만하게 표시되어 있는 곳이었다.

'어차피 그럴듯한 곳은 아닐 거야. 어떤 마을인지 어떻게 생겨 먹은 사람들이 사는 곳인지 지금 알 도리는 없지만, 뭐 몰라도 상관없지. 걱정할 필요도 없고, 일단 가 보는 거야.'

그런데 짐 챙길 생각을 하니 약간 귀찮아졌다.

짐을 정리하고 난 다음에 기요에게 자주 들렀다. 기요의 조카
는 썩 괜찮은 사람이었다. 내가 갈 때마다 이것저것 대접을 했
다. 기요는 날 앞에 앉혀 두고 조카에게 내 자랑을 했다.

"이제 학교를 졸업하시면 고지마치에 집을 장만하시고, 관청
에 다니실 거다."

자기 혼자 정하고 자기 마음대로 떠들어 댔다. 어릴 적 밤에
자다가 이불에 오줌을 싼 것까지 들춰내는데, 나는 두 손 두 발
다 들고 항복할 수밖에 없었다. 그 조카는 무슨 생각으로 기요의
이야기를 끝까지 듣고 있었을까. 어쨌든 내가 보기에 기요는 자
신과 나를 무슨 옛날 막부 시절의 주인과 하녀처럼 생각하고 있
었다. 자기에게 주인이면 조카에게도 내가 주인이라고 생각하
는 것 같았다. 그 조카도 참, 성격 한번 되게 무던한 사람이었다.

시코쿠로 떠나기 사흘 전 기요를 다시 찾아갔다. 다다미 석
장짜리 북향 방에서 감기에 걸려 누워 있었다. 그래도 내가 들
어오는 것을 보고 몸을 추슬러 일어나 앉았다.

"도련님, 언제 집 장만하세요?"

학교만 졸업하면 돈이 저절로 굴러 들어오는 줄 아는 것 같았
다. 나 같은 사람을 붙들고 그때까지 '도련님'이라고 부르는 것
도 정말이지 바보 같은 짓이었다.

"당분간 집은 살 수 없어. 나 시골에 가는 길이야."

기요는 고개를 푹 떨구며 아무 말도 못하고 흐트러진 하얀 머리카락을 쓸어 올렸다.

"지금 떠나기는 하지만 곧 돌아올 거야. 내년 여름방학 때 꼭 올게."

하도 불쌍해 보여서 위로해 주려고 애썼다. 하지만 기요의 표정은 밝아지지 않았다.

"선물로 뭘 사다 줄까? 뭐가 갖고 싶어?"

"에치고의 갈엿이 먹고 싶어요."

기요가 작은 목소리로 대답했다. 에치고의 갈엿이라니, 들어 본 적도 없었다.

"내가 가는 곳에서는 그런 엿을 구할 수 없어."

솔직히 말했다.

"어디께로 가신다고 그랬지요? 하코네 가기 전이에요? 아니면 그 근처예요?"

어떻게 대답해야 좋을지 몰라 난감했다. 떠나는 날에는 아침부터 와서 이것저것 챙겨 주었다. 역까지 가는 길에 가게에 들러 치약이랑 칫솔이랑 수건을 사서 가방에 넣어 주었다.

"이런 것 필요 없는데도."

하지만 막무가내였다. 기차에 자리를 잡고 앉은 나를 보고 기요는 작은 목소리로 말했다.

"이제 이것이 마지막일지도 모르겠네요. 부디 몸 건강하세요."

눈에는 눈물이 그렁그렁 고여 있었다. 나는 울진 않았지만 하마터면 눈물을 흘릴 뻔했다. 기차가 덜커덩거리면서 움직였다. 이젠 시간이 다 됐다고 생각하면서 차창으로 고개를 빼고 돌아보니, 역시나 기요는 그 자리에 그대로 서 있었다. 기요의 모습이 너무나 작아 보였다.

2

뿌우.

고동 소리를 내며 여객선이 멈추자 거룻배 한 척이 내 쪽으로 천천히 다가왔다. 노를 젓는 뱃사공은 벌거벗은 몸뚱이에 빨간 훈도시만 차고 있었다.

볼썽사납게. 하긴 그만한 더위라면 옷을 입을 수 없을 터였다. 물결에 반사되는 빛이 눈을 따갑게 쏘았다. 쳐다보고 있기는 한데 눈앞이 캄캄해서 아무것도 보이지 않았다. 사무원에게 물어보니 이번에 내려야 한다고 했다. 얼핏 보기에는 오모리만 한 어촌이었다.

'사람을 바보 취급을 해도 분수가 있지. 나보고 이런 데서 버티라고?'

이런 생각이 머릿속에 가득했지만 어쩔 수 없는 노릇이었다. 육지에 맨 먼저 뛰어올라 옆에 서 있던 코흘리개 꼬마에게 물었다.

"중학교는 어디 있냐?"

"몰라."

얼빠진 촌놈이다. 괭이 마빡만한 동네에 살면서 하나밖에 없는 중학교가 어디 있는지도 모르다니 말이나 되는 소린가. 괘씸하게 생각하고 있는데 통소매 옷을 입은 사내가 왔다.

"이쪽으로 오소."

따라갔더니 '미나토야'라고 써 붙인 여관 앞이었다. 요상한 여자가 걸어 나왔다.

"어서 들어오세요."

"이 동네 중학교는 어디 있소?"

모퉁이 한쪽에 그대로 서서 물었다.

"중학교는 여기서 기차로 8킬로는 더 가야 있어요."

대답을 들으니 여관으로 들어가기가 더 싫어졌다. 그래서 통소매 옷 사내가 들고 있던 내 가방을 낚아채서 성큼성큼 걸어 그곳을 떠났다. 여관 사람들은 이상한 표정으로 날 쳐다보았다.

기차역은 바로 찾았다. 차표도 쉽게 구했다. 기차에 올라보니 이건 완전히 성냥갑이었다. 이리 밀리고 저리 밀리면서 한 5분 정도 갔나 싶은데 벌써 내리라고 했다. 어쩐지 차비가 싸더라니. 겨우 3전이었다. 거기서부터 인력거를 타고 마침내 중학교에 도착했다. 기껏 왔는데 수업은 이미 다 끝났고 학교에는 아무도 없었다. 멍하니 학교 지붕만 쳐다보고 서 있는데 사환으로 보이는 아이가 일러 주었다.

"숙직 선생님은 잠깐 일 보러 나가셨어요."

참, 팔자 좋은 숙직도 다 있구나 생각했다. 교장이라도 먼저 찾아갈까 하다가 몸도 피곤하고 해서 바로 인력거를 탔다.

"여관으로 갑시다."

인력거꾼은 신 나게 달려서 '야마시로야'라는 간판이 붙은 여관에 내려 주었다. 야마시로야라는 이름이 겁쟁이 간타로가 살던 전당포랑 이름이 똑같아 약간 재밌다는 생각이 들었다.

그 집 종업원은 2층 계단 바로 밑에 있는 좁고 어둠침침한 방으로 나를 안내했다. 너무 더워서 들어앉아 있을 수 없을 것 같았다.

"이런 방은 싫은데요."

"죄송하지만 방들이 다 꽉 차서 어쩔 수 없네요."

대답하면서 내 가방을 방 안으로 던져 넣고는 그대로 가 버렸다. 어쩔 수 없이 방으로 들어가 땀을 닦으며 더위를 참았다. 목욕을 하고 돌아오면서 둘러보니 시원해 보이는 방들이 텅텅 비어 있었다. 사람을 속여 먹다니 참 괘씸한 놈들이었다.

그 뒤 여종업원이 저녁상을 들고 왔다. 방은 더웠지만 밥은 하숙집보다 나았다. 그 여자는 상 앞에 앉아서 내 얼굴을 힐끔힐끔 보더니 물었다.

"손님은 어디서 오셨나요?"

도쿄에서 왔다고 대답했다.

"도쿄는 좋은 곳이죠?"

"당연하지."

상을 물리고 종업원이 부엌으로 가자 부엌 쪽에서 웃음소리가 크게 들려왔다. 뭐 내가 신경 쓸 일이 아니니 상관하지 않고 방바닥에 누워 잠을 청했다. 그러나 좀처럼 잠들지 못했다. 너무 더워서 그런 것만은 아니었다. 주위가 시끌벅적했다. 하숙집의 다섯 배는 시끄러웠다. 그러다가 깜빡 잠이 들었는데 기요가 꿈에 나왔다. 기요가 에치고의 갈엿을 먹고 있었는데, 그 엿을 싼 나뭇잎까지 쪽쪽 빨아 먹는 것이었다.

"겉에 싼 잎은 먹지 마."

내가 기요에게 말했다.

"아니요, 이 잎이 보약인걸요."

기요는 잎을 맛있게 빨아 먹었다. 내가 어이가 없어서 입을 크게 벌리고 웃는 바람에 잠이 깼다. 종업원이 덧문을 열고 있었다. 열린 문틈으로 보이는 하늘은 끝도 없이 널리 펼쳐져 있었다.

여행을 할 때는 어디에 들를 때마다 웃돈을 꼭 챙겨 주는 것이 상례라고 들었다. 웃돈을 주지 않으면 푸대접을 받는다고들 했다. 내가 그런 좁고 어둠침침한 방에 들게 된 것도 웃돈을 주지 않았기 때문이란 생각이 들었다. 초라한 몰골에 마포로 만든 가방과 다 떨어진 우산을 들었으니 그렇게 볼 만도 했다.

'촌놈들 주제에 사람을 업신여기다니! 웃돈 한번 제대로 줘서 입이 떡 벌어지게 해 줘야지.'

내가 그래 봬도 도쿄를 떠나올 때 학자금으로 쓰고 남은 돈 30엔 정도를 주머니에 챙겨 가지고 온 몸이었다. 기차뱃값이랑 뱃삯, 그리고 잡비를 제하고도 아직 14엔은 주머니 속에 있었다. 그 돈을 전부 써 버린다고 해도 그때부터는 월급을 받을 테니 걱정 없었다. 촌사람들은 노랑이니까 웃돈으로 5엔쯤 주면 눈이 휘둥그레질 것이었다. 어떻게 이것들을 놀래 줄까를 생각하면서 방으로 돌아와 앉았다. 전날 저녁상을 들고 들어왔던 종업원이 아침상을 가져왔다. 앉아서 시중을 드는데, 밥맛 떨어지게 샐샐 웃었다. 재수 없는 여자였다. 내 얼굴에 구경거리라도 낳는지. 그래도 나는 생긴 게 그 종업원 낯짝보다는 볼 만하다.
밥을 먹고 난 다음에 주려고 했다가 화가 나서 5엔 지폐를 꺼내
건네줬다.

"자, 이거 카운터에 가져다줘라."

그 종업원은 멍한 표정이었다. 그리고 나는 곧 학교로 향했
다. 구두는 닦아 놓지 않았다.

학교는 전날 차를 타고 갔기 때문에 대강 어디인지 알고 있었
다. 길모퉁이를 두세 번 도니까 금세 학교 앞에 다다랐다. 학교
가는 길 중간쯤부터 교복을 입은 학생들을 많이 볼 수 있었다.
학생들 중에는 나보다 키도 크고 힘도 세어 보이는 놈들이 있었
다. 저런 놈들을 내가 가르쳐야 된다고 생각하니 기분이 썩 좋
진 않았다.

명함을 내밀었더니 사환이 교장실로 안내했다. 교장은 거무
튀튀한 얼굴에 수염이 희끗희끗 나고 눈이 부리부리한 것이 영
락없이 '너구리'였다. 그는 유별나게 거드름을 피웠다.

"자, 이제부터 열심히 가르쳐 보게."

큰 도장이 찍힌 임명장을 내밀었다. 그 임명장은 도쿄로 돌아
올 때 구겨서 바다에 던져 버렸다.

"조금 있다가 교직원들을 소개할 테니 인사하면서 임명장을
보여 주게."

'쓸데없는 짓! 그렇게 귀찮은 짓을 하기보다는 사흘 동안 교무실 앞에 종이쪽을 붙여 놓는 편이 훨씬 낫겠다.'

교직원들이 모두 교무실에 모이려면 종 칠 때까지 기다려야 했다. 종이 울리려면 아직도 멀었다. 교장은 시계를 꺼내 보더니 교육 정신에 대해 장광설을 늘어놓기 시작했다.

"앞으로 차차 얘기하겠지만, 우선 기본적인 것부터 마음속에 새겨 두기 바라네."

물론 나는 한 귀로 듣고 한 귀로는 흘리고 있었는데, 점점 이상한 곳으로 왔다는 생각이 들었다. 지금까지 교장이 말한 대로는 죽었다가 깨어나도 할 수 없기 때문이었다. 나같이 막무가내인 사람을 앉혀 놓고 '학생들에게 늘 모범을 보여야 된다', '선생은 늘 학생들에게 존경을 받아야 된다'는둥 '자신의 전공 학문 이외에도 교사란 모름지기 덕을 쌓아야만 참다운 교육자가 될 수 있다'는둥 억지 주문을 마구 늘어놓았다.

'그렇게 잘난 사람이 월급 40엔을 받고 이런 촌구석까지 왜 오겠냐? 인간이 다 거기서 거기지, 열 받으면 한판 붙기도 하는 거지.'

교장이 시키는 대로 하자면 말도 못 할 것 같았다. 산책도 할 수 없을 것이었다. 그렇게 어려운 자격을 갖춰야만 교사가 될 수 있다면 사람을 고용하기 전에 말을 했어야지. 난 거짓말은 못하는 사람이기 때문에 그렇다면 할 수 없었다. 속아서 거기까지 갔지만 포기하고 돌아가자고 생각했다. 여관집에 5엔이나 웃돈을 줬으니 이제 지갑 속에 9엔밖에 남지 않았다. 9엔으로는 도쿄까지 가는 차표를 살 수 없었다. 웃돈을 주지 않는 편이 좋았을 것이다. 그러나 9엔이라도 있으니 어떻게든 될 것이고, 여비가 모자라도 거짓말하는 것보다는 낫다고 생각했다.

"아무리 생각해도 교장 선생님이 말씀하신 대로는 못하겠습니다. 임명장 도로 받으시지요."

그러자 교장은 너구리 같은 얼굴에 눈을 더 똥그랗게 뜨고 내 얼굴을 말없이 쳐다보았다.

"아, 지금 내가 한 얘기는 희망 사항이지. 선생이 내 희망 그대로 할 수 없다는 것은 잘 알고 있네. 너무 걱정하지 말게."

그렇게 잘 알고 있다면 처음부터 괜한 소리 해서 사람 겁주지 않았으면 좋았을 것이다.

그러는 동안 종이 울렸다. 교실 쪽에서 와자지껄 소란한 소리가 쏟아져 나왔다.

"이제 교직원들이 교무실에 다 모였을 걸세."

교장을 따라 교무실로 들어갔다. 넓고 기다란 방에 책상들이 쭉 들어서 있었고 모두들 의자에 앉아 있었다. 내가 들어오는 것을 보자 모두들 짠 것처럼 일제히 나를 쳐다보았다.

'무슨 구경거리라고.'

교장이 말한 대로 나는 한 사람씩 그 앞으로 가서 임명장을 내밀며 인사를 했다. 대부분은 살짝 일어나 허리를 굽히고 인사만 받았는데, 개중에는 내가 보여 준 임명장을 받아 들고 한 번 훑어본 다음 다시 돌려주는 이도 있었다. 꼭 신사 경내에서 공연하는 연극 흉내를 내는 것 같았다. 열다섯 번째로 체육 선생 앞에 섰을 때는 같은 말을 몇 번이나 반복했기 때문에 슬슬 짜증이 난 상태였다. 상대방은 딱 한 번 인사하는 것이었지만 난 똑같은 짓을 열다섯 번이나 하고 있었다. 조금이라도 사람 입장을 생각해 줘야 되는 것 아닌가 하는 생각이 들었다.

인사한 사람들 중에 교감도 있었다. 문학사라고 했다. 문학사라면 대학 졸업자라는 의미니까 꽤나 잘난 사람일 것이었다. 목소리는 여자 같았다. 무엇보다 놀라운 것은 그 더운 날씨에 모직 셔츠를 입고 있다는 점이었다. 아무리 얇아도 그런 날씨엔 쩌 죽기 십상이었다. 학사 출신 양반이라 사서 고생을 하는 것일 터였다. 게다가 그게 빨간 셔츠였기 때문에 더 기가 막혔다. 나중에 들으니까 일 년 내내 빨간 셔츠만 입고 다닌다고 했다. 분명 어딘가 아픈 사람임에 틀림없었다. 빨간색이 몸에 좋기 때문에 일부러 주문해 맞춰 입는다고는 하지만 걱정도 팔자였다. 그렇다면 셔츠나 바지까지 다 빨간색으로 입어야 옳다.

다음은 고가라는 영어 선생인데 얼굴색이 상당히 안 좋았다. 대개 얼굴색이 푸르뎅뎅한 사람은 몸도 바싹 마른 법인데, 이 남자는 얼굴색은 푸르뎅뎅한데 몸은 또 통통했다. 초등학교에 다닐 때 우리 반에 아사이 다미라는 애가 있었는데 그 애 아버지 얼굴색이 꼭 저런 색이었다. 그 애 아버지가 농사꾼이어서 어느 날 기요에게 물었다.

"농사꾼이 되면 얼굴색이 저렇게 되나?"

"아니요, 저 사람은 끝물 호박을 하도 많이 먹어서 저렇게 된 거예요."

그날 이후로 난 얼굴이 퍼런 사람만 보면 끝물 호박만 먹어서 저리 됐구나 하고 생각했다. 그 선생도 매일 끝물 호박만 먹었을 것이다. 그런데 끝물 호박이란 건 뭔가. 기요에게 물어본 적은 있지만 웃기만 할 뿐 대답해 주지 않았다. 아마 기요도 잘 몰랐던 모양이다.

그다음은 나와 같이 수학 과목을 담당할 홋타였다. 늠름하고 체격이 좋은 데다 밤송이 같은 까까머리여서 옛날 히에이잔의 엔랴쿠지에서 세력을 떨치던 승병이 떠올랐다. 얼굴도 꼭 그렇게 생겼다. 내가 공손히 임명장을 내밀었는데 그것은 쳐다보지도 않았다.

"자네가 새로 온 선생인가? 우리 집에 한번 놀러 오라고. 아하하하!"

큰 소리로 웃었다. '아하하하는 뭐가 아하하하야. 예의도 모르는 놈 집에 누가 놀러 가겠냐'고 생각했다. 그리고 그 승려병에게 '거센 바람'이라는 별명을 붙이기로 했다. 한문 선생은 과묵한 사람이었다.

"어제 막 도착하셔서 아직 여독이 채 풀리지 않으셨을 텐데, 이렇게 또 인사하러 오시느라 참으로 수고 많으십니다."

먼저 인사를 하는 것이 정말이지 유일하게 붙임성 있는 아저씨였다.

미술 선생 역시 첫눈에 예술가다운 분위기를 풍기는 사람이었다. 하늘하늘한 비단 하오리를 입고 부채를 펴 들고 있었다.

"고향은 어디신가요? 네? 도쿄요. 아유, 이거 반갑습니다. 동향 친구가 생겼네요. 저도 도쿄 토박이랍니다."

'치, 이런 물건하고 동향이라니 도쿄에서 태어나지 않았으면 좋았을 걸 그랬구나.'

이런 식으로 떠들다가는 끝도 없으니 이쯤에서 접어 두겠다. 신고식이 대충 끝나자 교장이 말했다.

"오늘은 이쯤에서 끝내고 돌아가 쉬지. 수업에 필요한 것은 수학 주임하고 상의하고 모레부터 출근해 주게."

수학 주임이 누구냐고 물어보니 바로 그 '거센 바람'이라는 게 아닌가.

'으이그, 속 터져. 저런 놈 밑에서 지내야 하다니, 재수가 없어도 이렇게 없나.'

실망스러웠다. 이때 교무실 뒤편에서 거센 바람이 불렀다.

"어이 자네, 지금 어디 묵고 있나? 야마시로야? 이따가 그리로 가서 자세한 걸 얘기해 주지."

그러고는 분필을 들고 그 길로 나가 버렸다.

'아니, 왜 주임이 직접 내 방으로 찾아와서 얘기를 한다는 거야? 생각이 없는 사람이군. 하긴 저런 놈한테 불려 가는 것보다야 그 편이 낫지.'

학교 문을 나서서 곧바로 여관으로 갈까 하다가 여관에 들어가 봤자 할 일도 없고 해서 잠깐 동네나 둘러볼 생각으로 무작정 발길 닿는 쪽으로 걸어갔다. 현청이 나왔다. 아주 오래된 건물이었다. 거기서 조금 더 걸어가니 병영이 있었다. 아자부의 연대보다 나을 것이 없었다. 넓은 거리도 보았다. 가구라자카의 절반 정도 너비인데 건물들은 그곳만 못했다. 25만 석짜리 성이라고들 떠들어 대더니만 뭐 별것도 아니었다.

'이런 촌구석에 살면서 이런 걸 보고 대단한 성이라고 떠드는 사람들이란, 딱하지 딱해.'

어느새 야마시로야 앞이었다. 겉으로만 넓어 보이고 실제로는 좁은 곳이었다. 대충 뭐가 어디에 붙어 있는지 금방 파악이 됐다. 들어가서 밥이나 먹자는 생각에 여관으로 들어섰다. 계산 대에 앉아 있던 주인마누라가 나를 보더니, 갑자기 벌떡 일어나서 탁자 위에 이마가 닿을 정도로 인사를 했다.

"이제 들어오세요?"

신발을 벗고 안으로 들어가니 종업원을 하나 불러 2층 방으로 안내하게 했다.

"손님, 방이 하나 났습니다요."

다다미 열다섯 장짜리, 2층 정면에 있는 방으로 넓은 도코노마도 딸려 있었다. 나는 태어나서 지금까지도 그렇게 멋있는 방에는 들어가 본 적이 없다. 이다음에 내가 또 언제 그런 방에 들어가 보겠나 싶어서 얼른 양복을 벗고 유카타로 갈아입은 뒤 다다미 위에 대자로 드러누웠다. 기분이 상쾌했다.

점심을 먹은 다음 서둘러 기요에게 편지를 썼다. 나는 말도 잘 지어낼 줄 모르고 철자법도 서툴러서 편지 쓰는 것은 딱 질색이었다. 하지만 기요가 걱정하고 있을 터였다. 내가 탄 배가 난파라도 해서 죽지는 않았는지 쓸데없이 걱정할 것 같아서 큰 맘 먹고 기요에게 편지를 썼다.

'어제 도착했어. 별 볼일 없는 동네야. 다다미 열다섯 장이

깔린 여관방에 누워 있어. 여관집 종업원에게 웃돈으로 5엔을 주었거든. 그랬더니 오늘 주인마누라가 책상에 이마가 닿도록 절을 하더군. 어제는 제대로 잠을 자지 못했어. 기요가 에치고의 갈엿을 껍질까지 먹는 꿈을 꾸었지 뭐야. 내년 여름에는 돌아갈 거야. 오늘 학교에 가서 선생들에게 별명을 붙여 주었어. 교장은 너구리, 교감은 빨간 셔츠, 영어는 끝물 호박, 수학은 거센 바람, 미술은 떠버리, 이제부터 일이 있으면 편지를 쓸게. 그럼 이만.'

편지를 다 썼더니 기분이 개운한 게 슬슬 졸음이 와 아까처럼 대자로 누워 잠을 잤다. 이번에는 꿈도 안 꾸고 푹 잤다.

"이 방이군."

쩌렁쩌렁한 목소리가 들려서 눈을 떴더니 거센 바람이 들어와 있었다.

"아까는 내가 좀 실례했지. 자네가 담당할 반은……."

사람이 자다가 깨 일어나 앉자마자 본론부터 꺼내서 나는 잠시 멍했다. 할 일들을 들어 보니 그다지 어려울 것도 없어서 그냥 알겠다고 했다. 이 정도 일이라면 모레까지 기다릴 거 뭐 있나, 내일 당장 하라고 해도 문제없겠다 싶었다.

"언제까지 이 여관에서 지낼 수는 없지 않나. 내가 좋은 하숙집을 소개해 줄 테니 그 집으로 옮기게. 다른 사람이면 몰라도 내가 소개하는 사람이니 금세 방을 빼 줄 거야. 오늘 방을 보고, 내일 짐을 옮긴 다음 모레부터 출근을 하면 딱 되겠네."

혼자서 계획을 다 세워 놨다. 하긴 이 넓은 방에서 언제까지나 지낼 수는 없는 노릇이었다. 월급 받아서 모두 방값으로 내야 할지도 모르니까 말이다. 5엔이나 웃돈을 주고 얻은 방이어서 조금 아깝기는 했지만 바로 거센 바람을 따라 나섰다.

하숙집은 읍에서 약간 떨어진 언덕배기에 있었는데 아주 조용했다. 주인은 골동품을 매매하는 이카긴이란 남자였고, 안주인은 서너 살은 더 먹어 보이는 여자였다. 이 여자의 얼굴을 보자 갑자기 중학교 때 기억이 떠올랐다. 중학교 영어 시간에 '위치(마녀)'라는 단어를 배운 적이 있는데, 그 말을 배우면서 머릿속에 그렸던 모습하고 정말 똑같이 생긴 것이었다.

내일 짐을 옮기기로 하고 여관으로 돌아가는 길에 거센 바람이 빙수 한 그릇을 사 주었다. 학교에서 처음 봤을 때는 예의 없고 건방진 놈이라고 생각했는데, 여러 가지로 신경 써 주는 걸 보니 그렇게 나쁜 놈은 아닌 것 같았다. 다만 나처럼 성질이 급하고 욱하는 성미가 있는 것처럼 보였다. 나중에 들으니 학생들 사이에서 가장 인기가 좋은 사람이었다.

3

드디어 학교에 나갔다. 처음 교실 문을 열고 들어가 교단에
섰을 때는 왠지 기분이 이상했다. 수업을 하면서도 내가 정말로
선생이 됐나 싶었다. 학생들은 시끌시끌 떠들어 댔다.

"선생님!"

가끔씩 튀는 소리로 날 불렀다. 그때까지는 학교에 다니면서
선생님을 부르기만 했는데, 선생님이라고 부르는 것과 그렇게
불리는 것은 천지 차이였다. 괜스레 발바닥이 간지러웠다. 나는
비겁한 인간은 아니었다. 겁쟁이도 아니었다. 안타깝게도 담력
이 조금 약할 뿐이었다. 큰 소리로 "선생님!" 하고 부르는 소리
를 들으니, 허기질 때 마루노우치에 있다가 정오를 알리는 종소
리라도 들은 것 같은 기분이 들었다.

첫 시간은 그런 대로 잘 지나갔다. 특별히 까다로운 질문을
한 녀석도 없었다. 교무실에 들어가니 거센 바람이 물었다.

"어땠나?"

"네, 뭐."

간단히 대답했더니 거센 바람도 별말 않는 것에 안심한 듯했
다. 2교시 수업이 있어 분필을 들고 교무실을 나서는데 왠지 이
번에는 적지로 기어 들어가는 기분이 들었다. 교실에 들어가 보

니까 이번 반은 이전 반보다 덩치 큰 녀석들이 많았다. 도쿄 토박이인 나는 자그맣고 날씬한 체구였기 때문에 아무리 한 계단 높은 곳에 서서 내려다봐도 이 덩치들 앞에서는 영 위엄이 서질 않았다. 싸움이라면 씨름 선수하고도 한판 할 자신이 있었지만 그런 덩치들 40여 명을 앉혀 두고 혓바닥 하나로 휘어잡을 만큼 배짱이 두둑하진 않았다. 그러나 약한 모습을 보이면 앞으로 계속 끌려다니겠다 싶어서 되도록 크게 소리를 내며 약간은 혀꼬부라진 발음도 섞어 가면서 수업을 해 나갔다.

처음 몇 분간은 학생들도 내 언변에 놀랐는지 잠자코 쳐다만 보고 있었기 때문에 '아하! 요것들 봐라, 약발이 듣는구나.' 싶었다. 그래서 더 신을 내며 일사천리로 설명을 해 나갔다. 그렇게 한참 침을 튀기고 있는데 맨 앞줄 가운데 앉아 있던 덩치 큰 녀석이 갑자기 자리에서 일어섰다.

"선생님!"

올 것이 왔구나 하는 생각이 들었다.

"뭔가?"

"너무 말이 빨라서 당최 무슨 소린지 모르겠구만요, 쪼매 설설 해 주실 수는 없능가요?"

"학생이 지금 하는 말은 표준말이 아니다. 내 말이 너무 빠르면 천천히 해 줄 수는 있지만 나는 도쿄 토박이라 자네들이 쓰는 사투리는 알아듣기 힘들고 또 흉내 낼 수도 없다. 자네들이 쓰는 말과 달라서 못 알아듣겠으면 알아들을 때까지 노력해라."

이런 분위기로 몰고 가서 두 번째 시간은 생각했던 것보다 순조로웠다. 그런데 거의 끝나 갈 즈음이었다.

"저그, 이 문제 뭔 말인지 해석 좀 해주시요이."

한 녀석이 이제껏 접해 보지 못한 기하 문제를 물어보는데 갑자기 등에서 식은땀이 주르륵 흘렀다. 답을 알아낼 수도 없었다.

"지금은 나도 모르겠다. 다음 시간에 가르쳐 주지."

"모른다, 몰러."

개중에 어떤 놈이 하는 소리가 들렸다. 학생들이 "와하하!" 웃었다.

'바보 같은 놈들, 선생이면 뭐든지 다 아는 줄 아나 보군. 모르는 것을 모른다고 말한 것이 뭐가 그리 우스워. 그런 문제까지 다 아는 사람이 40엔 받고 이 촌구석에 올 리가 있어?'

교실을 나오면서 속으로 투덜거리며 교무실로 돌아왔다. 거센 바람이 이번에도 물었다.

"이번 시간은 어땠나?"

"네, 뭐……."

하고 대답하다가 그것으로 그치기에는 성이 차지 않았다.

"이 학교 학생들은 좀 이상하네요."

거센 바람은 멍한 표정으로 날 쳐다보았다. 셋째 시간도 넷째 시간도 점심 먹은 다음 한 시간도 그저 그만그만하게 지나갔다. 첫날 수업답게 약간씩 실수를 했다. 교사라는 직업이 겉보기만큼 쉬운 것은 아니구나 하고 생각했다. 수업은 끝났지만 집에 돌아갈 수는 없었다. 3시까지 손 놓고 기다려야 했다. 3시에 내가 담당한 반 학생이 교실 청소를 끝내고 보고하러 오면 가서 검사를 해야 한다고 했다.

그런 다음 출석부를 정리하고서야 숨을 돌릴 수 있었다. 아무리 월급 받고 하는 일이지만 빈 시간까지 학교에 묶여서 책상만 바라보고 있어야 하다니 불합리하다는 생각이 들었다. 하지만 다른 선생들도 다 군말 없이 규칙대로 하는데, 신참인 나만 튀는 것도 모양새가 좋지 않을 것 같아 꾹 참았다. 집으로 돌아가는 길에 거센 바람에게 내 생각을 털어놓았다.

"수업이 끝났는데 무조건 3시 넘을 때까지 선생을 학교에 붙들어 둘 필요는 없잖아요?"

"그렇지, 아하하하! 자네, 학교에 대한 불평을 하면 좋지 않아. 말하려면 나한테만 말해. 성격 이상한 인간들 많으니까."

헤어질 길목까지 와서 더 자세히 물어보지는 못 했다. 하숙집으로 돌아오자 집주인이 내 방으로 건너왔다.

"차 한잔하시죠."

나는 차 대접을 하려나 생각했는데 컵만 들고 들어와서는 내 방에 있던 차를 자기 찻잔에 덜어서 혼자 마시는 것이었다.

'저 사람 하는 품을 보니 이거 내가 없을 때도 저 혼자서 차 한잔하시죠 하면서 방문 열고 들어와 남의 차를 덜어 마시겠군.'

집주인이 차를 홀짝거리면서 이야기를 시작했다.

"나는 말이죠. 오래전부터 옛 그림이나 골동품이 그렇게 좋더라고요. 그래서 지금은 그쪽으로 매매업을 하고 있습니다. 처음 선생님 얼굴을 이렇게 보니까 풍류를 꽤 아실 것 같더라고요. 어때요, 예술품들 한번 구경해 보시렵니까?"

말도 안 되는 소리를 늘어놓고 있었다. 2년 전 어떤 사람 심부름으로 제국 호텔에 갔다가 자물쇠 고치는 사람으로 오해받은 적이 있었다. 또 담요를 뒤집어쓰고 가마쿠라의 불상을 구경 갔을 때는 인력거꾼이 나리라고 부르기도 했다. 내가 이제껏 살아오면서 날 제멋대로 판단해서 지껄이는 인간들은 많이 봤지만 이 사람처럼 풍류를 꽤 아실 것 같다고 말한 사람은 한 명도 없었다.

"나는 그렇게 여유 있게 예술이나 보고 좋아하는 그런 사람이 아닙니다."

"처음부터 예술품 좋아한다고 하는 양반은 없지요. 그래도 한번 보시면 푹 빠진다니까요."

계속 떠벌리면서 혼자서 차를 연거푸 마셨다. 전날 저녁에 이 사람에게 차를 사 달라고 부탁했는데, 쓴맛이 너무 강해 한 잔만 마셔도 속이 쓰린 차였다. 다음에는 좀 덜 쓴 것으로 사다 달라고 했더니 시원스럽게 대답하고 주전자 손잡이가 닳도록 연거푸 차를 마셨다. 남의 차라고 마구 마셔 대는 놈이었다. 주인이 방을 나간 다음 내일 가르칠 것을 훑어보고 잠자리에 들었다.

그 뒤로는 날마다 학교에 나가서는 수업하고, 규칙대로 앉아 있다가 집에 오면 차 한잔하러 들어오는 하숙집 주인장을 맞이해야 했다. 1주일 정도가 지나자 학교 돌아가는 사정도 대충 알겠고 하숙집 주인장이나 그 마누라의 성격도 대강 파악이 됐다.

처음 학교에 와서 1주일이나 한 달쯤 되면 자기 평판이 좋은지 나쁜지 신경이 많이 쓰인다고 하는데 나는 전혀 그런 생각이 들지 않았다. 교실에서 이따금씩 실수를 하고 나면 그때만 좀 기분이 찜찜했지 한 반 시간쯤 지나면 까맣게 잊어버렸다. 오래 걱정하려고 해도 원래 그런 성격이 아니었다.

배짱이 그다지 두둑하지는 않았지만 한번 마음먹으면 그대로 밀어붙이는 성격이었다. 이 학교에서 잘리면 금방 다른 곳으로 가면 되지 하는 각오로 있었기 때문에 너구리건 빨간 셔츠건 조금도 무섭지 않았다. 하물며 교실에 있는 머스마들에게 잘 보일까 해서 그들을 치켜세우거나 하는 일 따위를 할 생각은 없었다.

어쨌든 학교는 그런 대로 괜찮았는데 하숙집이 문제였다. 집주인이 차 한잔하자는 것쯤은 들어줄 수도 있었다. 하지만 여러 가지 물건들을 갖고 들어오는 게 문제였다. 처음 갖고 온 것은 무슨 도장 재료라고 했는데 열댓 가지나 되는 것들을 방바닥에 늘어놓았다.

"모두 해서 3엔이면 무지하게 싼 겁니다. 사시죠."

내가 무슨 촌구석의 엉터리 그림상도 아니고, 그런 게 무슨 필요가 있느냐고 했더니 이번엔 가잔이라나 뭐라나 하는 남자가 그린 그림을 갖고 왔다. 마음대로 도코노마에 걸었다.

"이건 정말 훌륭한 작품입니다. 가잔이라는 이름을 가진 화가는 두 명이지요. 한 명은 아무개 가잔, 또 한 명은 거시기 가잔인데 이 그림은 그 거시기 가잔이 그린 겁니다."

별 쓸데없는 강의를 한바탕했다. 그런 다음 재촉했다.

"어때요? 선생님께는 특별히 15엔에 드리겠습니다. 사시죠."

"돈이 없어요."

"에이, 돈이야 언제라도 주시면 되지요."

좀처럼 물러서질 않았다.

"돈이 있어도 난 그런 건 안 삽니다."

딱 잘라 말해 버렸다. 그다음에는 사람이 깔려 죽을 만큼 큰 벼루를 들고 왔다.

"선생님, 이것 보십시오. 이게 바로 단계(중국 단계에서만 나는 돌로 만든 비싼 벼루)라는 겁니다."

"단계가 뭔데요?"

"단계에는 상층, 중층, 하층이 있는데 요샌 다 상층이죠. 하지만 이건 분명 중층입니다. 이 눈 좀 보세요. 눈이 세 개나 있죠? 이런 건 드뭅니다. 발묵도 아주 좋습니다. 시험해 보세요."

하면서 눈앞으로 쑥 들이밀었다.

"얼만데요?"

"주인이 중국에서 직접 갖고 들어온 건데요, 꼭 팔고 싶다고 해서 싸게 내놓았지요. 30엔이면 어떠시겠어요? 사시죠."

이 남잔 바보임에 틀림없었다. 학교는 그럭저럭 익숙해질 만했는데 이렇게 골동품 사라고 늘어지는 통에 도저히 견딜 수가 없을 것 같았다. 그러는 동안에 학교도 싫증이 났다.

어느 날 저녁 오마치란 동네를 산책하고 있는데 우체국 옆의 '메밀국수'라고 쓴 간판 밑에 '도쿄식'이라는 간판이 눈에 띄었다. 나는 메밀국수라면 사족을 못 쓴다. 도쿄에 있을 때도 메밀국숫집 앞을 지나다가 그 냄새를 맡으면 꼭 들어가고 싶었다. 그곳에 가서 학교와 그놈의 골동품 때문에 메밀국수를 잊고 있었는데 메밀국수 간판을 보니 그냥 지나칠 수가 없었다.

　오랜만에 한 그릇 먹고 가려고 들어섰는데 '도쿄식'이라고 써 붙인 글자가 무색하게 식당 안이 지저분했다. 도쿄 근처에 가 본 적도 없는 식당 주인인지, 아니면 청소할 돈이 없는 건지 의아할 뿐이었다. 다다미는 색깔이 바랬고 모래가 까칠까칠하게 남아 있었다. 천장은 램프 그을음 때문에 까맣게 되었을 뿐만 아니라 낮아서 들어서자마자 목을 움츠려야 했다. 그럴듯하게 음식 이름을 써서 붙인 가격표만 깨끗한 새것이었다. 가장 먼저 눈에 들어온 것이 튀김국수였다.

　"이봐, 여기 튀김국수 좀 가져와 봐."

　큰 소리로 주문을 했다. 그랬더니 저쪽 구석에 모여 앉아서 후룩후룩 소리를 내며 뭘 먹고 있던 남자 셋이 나를 힐끗 쳐다봤다. 처음에는 안이 어두컴컴해서 못 알아봤는데 자세히 보니 우리 학교 학생들이었다. 저쪽에서 인사를 하기에 나도 고개를 슬쩍 숙였다. 오랜만이라 튀김국수를 네 그릇이나 깨끗이 먹어 치웠다.

　다음 날 아무 생각 없이 교실에 들어서자 칠판 한가득 '튀김 선생'이라고 쓰여 있었다. 내 얼굴을 보자 모두들 "와하하!" 하고 웃었다.

　"내가 튀김국수를 좀 먹었기로, 그게 뭐 그리 이상한가?"

그러자 학생 중 한 명이 말했다.

"그래도 네 그릇이나, 그건 쪼까 너무한 것 아닌가요이?"

"네 그릇을 먹든 다섯 그릇을 먹든, 내 돈 내고 내가 먹는데 뭐가 잘못됐나?"

수업을 끝내고 교무실로 돌아왔다. 쉬는 시간 10분이 지나서 그다음 교실로 들어갔더니 이번에는 칠판에 '이봐, 여기 튀김국수 네 그릇, 단 웃어서는 안 됨'이라고 쓰여 있는 것이 아닌가. 앞 반에서는 특별히 거슬린다고 생각하지 않았는데, 이번에는 울컥 화가 치밀어 올랐다. 농담도 도를 넘으면 기분이 나쁘다. 이 촌놈들이 뭘 몰라서 어디까지 하고 그만둬야 하는지 모르는 모양이었다.

한 시간 정도면 동네 구석구석에 뭐가 있는지 훤히 알 수 있을 만큼 좁은 동네에 살면서 도무지 구경거리라고는 없었으니, 내가 튀김국수 좀 먹은 것을 갖고 소문을 퍼뜨리고 다닌 것일 터였다. 참으로 불쌍한 놈들이었다. 어릴 적부터 배운 거라곤 그런 것뿐이니 속이 삐딱해져서 화분에 심은 단풍나무처럼 치졸해지는 것이다. 아무 뜻 없이 한 일이라면 웃고 넘길 수도 있었을 것을, 이것은 아니다 싶었다. 어린것들이 고약하게 구는 것을 두고 볼 수는 없었다.

"이걸 장난이라고 친 건가? 비겁한 짓이야. 너희들 비겁하다는 것이 무슨 뜻인 줄 아나?"

"망신 좀 당했기로 화를 버럭 내는 것이 비겁한 것 아니여?"

받아치는 놈이 있었다. 마음에 안 드는 놈이었다. 내가 도쿄에서 그런 촌구석까지 저 따위 녀석들을 가르치려고 왔나 생각하니 내 자신이 한심스러웠다.

"쓸데없는 소리 하지 말고 공부나 해."

수업을 시작했다. 그다음 교실로 수업하러 들어갔더니 그 교실 칠판에는 '튀김국수를 먹으면 억지를 부리고 싶어지는구만'이라고 쓰여 있었다. 어떻게 해 볼 도리가 없었다. 머리끝까지 피가 거꾸로 치솟는 것 같아서 교무실로 뛰어 들어갔다.

"저런 돼먹지 못한 놈들은 가르칠 수 없습니다."

이 말만 던지고 그대로 집으로 돌아왔다. 다음 날 학생 놈들은 쉬게 되어 잘들 놀았다고 했다. 그 지경이니 학교보다 차라리 그 골동품 잡동사니에 둘러싸이는 것이 낫겠다 싶었다.

튀김국수 사건도 집으로 돌아와 하룻밤 자고 나니 그렇게 화가 나지 않았다. 학교에 나가 보았더니 학생들도 나와 있었다. 사흘 정도는 별일 없이 조용히 지나갔다. 나흘째 되는 날 저녁 스미다라는 동네에 가서 당고(구워서 팥이나 꿀 등을 발라 먹는 떡)를 먹었다. 스미다는 온천으로 유명한 마을인데 내가 사는 동네에서 기차를 타면 10분 정도, 걸어서도 30분이면 갈 수 있었다. 그곳에는 요릿집도 많았고 온천 여관에, 공원까지 있었으며 또 조금 걸어가면 유흥가도 나왔다. 내가 들어간 당곳집은 유흥가 입구에 있었는데 당고 맛이 좋기로 소문이 자자해서 온천에 들어갔다 나오는 길에 잠깐 들렀다.

'요번에는 녀석들 그림자도 없으니 아무도 모르겠지.'

다음 날 학교에 가서 첫 수업에 들어가니 칠판에 '당고 두 접시 7전'이라고 쓰여 있었다. 실제로 나는 당고 두 접시를 먹고 7전을 냈다. 정말이지, 신물 나는 녀석들이었다. 그렇다면 둘째 시간에도 뭔가 써 놓았겠지 예상하고 들어갔다.

'유흥가에서 먹은 당고, 맛 좋아, 맛 좋아.'

진절머리 나는 놈들! 며칠 뒤 당고 사건이 좀 사그라지는가 싶었는데 이번에는 '빨간 앞치마'라는 소문이 돌았다. 그곳에 간 뒤로 거의 날마다 스미다의 온천에 갔다. 동네 어딜 가도 도쿄 발뒤꿈치에도 따라오지 못하는 수준이었지만 온천 하나만큼은 알아줄 만했다.

'내 여기까지 큰 걸음 했으니 여한 없이 온천이나 하고 돌아가야지.'

저녁 먹기 전에 운동 삼아 걸어서 온천에 갔다. 그런데 온천에 갈 때는 꼭 큰 수건을 매달고 갔다. 이 수건에는 빨간 줄무늬가 있어서 물에 젖으면 언뜻 빨간색으로 보이기도 했다. 애들이 그것을 보고 "빨간 앞치마!" 하고 부르는 것이었다. 정말이지 좁아터진 촌구석에서 살자니 별 게 다 성가셨다.

그뿐만이 아니었다. 온천은 새로 지은 3층 건물이었는데, 고급 탕에서는 유카타를 빌리고 때밀이에게 때를 미는 데 8전이 들었다. 그리고 여자가 차를 가져왔다. 나는 언제나 고급 탕에서 목욕을 했다. 그러자 이번엔 '40엔 월급 받고 매일매일 고급 탕에서 목욕하는 것은 사치'라는 소리가 들렸다. 거기서 끝나지 않았다. 내가 가는 온천의 욕탕은 화강암을 쌓아 올려 모양도 그럴듯하고 넓이도 열댓 명은 들어가 앉을 수 있을 만큼 넓었는데 가끔 탕 안에 아무도 없을 때가 있었다. 일어서면 물이 가슴 팍까지 찼기 때문에 아무도 없을 때는 그 안에서 헤엄을 쳤다. 사람이 없는 틈을 잘 봐 두었다가 냉탕에서 수영을 했다.

그러던 어느 날, 온천 탕 문을 열고 '오늘도 한번 멋지게 물살을 갈라 볼까?' 하고 탕 안으로 들어갔더니 욕조 입구에 커다란 판자가 붙어 있었다. 거기에는 검은 글씨로 '욕탕에서 수영하지 말 것'이라고 쓰여 있었다. 욕탕에서 수영하는 사람이 좀처럼 없으니 그 간판은 나 때문에 특별히 주문 제작해서 붙인 것일 수도 있었다. 그래서 난 수영을 포기했다.

그러고 다음 날 학교에 갔다. 칠판에 '욕탕에서 수영하지 말 것'이라고 쓰여 있었다. 난 입이 떡 벌어졌다. 전교생이 나 하나를 감시하는 것 아닌가 하는 생각이 들었다. 그리고 우울했다. 애들이 뭐라 하든, 하고 싶은 일을 못할 나는 아니지만 어쩌다 그런 촌구석에 와서 그 꼴을 당하나 생각하니 한심스러웠다. 그러다가 지쳐서 집에 돌아오면 어김없이 그 골동품 잡동사니 때문에 시달렸다.

4

학교 숙직 때에는 교직원들이 돌아가며 밤에 남아 학교를 지켰다. 그런데 너구리하고 빨간 셔츠만은 예외였다. 어째서 두 사람은 숙직을 서지 않느냐고 물었더니 주임관 대우라고 했다. 월급은 월급대로 많이 받고 수업은 수업대로 조금밖에 안 하면서 숙직까지 안 서다니, 그보다 더 불공평한 일은 없었다. 자기네들 멋대로 규칙을 정해 놓고 그게 당연하다는 듯 얼굴을 들고 다녔다. 참으로 뻔뻔하기 그지없었다.

"아무리 혼자서 불공평하다고 외쳐도 달걀로 바위 치기지."

어느 날 거센 바람이 말했다. 거센 바람은 'Might is right'라는 영어를 갖다 붙이며 현재 상황을 비유했다. '강한 자의 권리'라는 뜻이다. '강한 자의 권리'라면 나도 들어서 알고 있었다.

새삼스럽게 거센 바람에게 설명을 들을 필요가 없었다. 그리고 '강한 자의 권리'와 '숙직'은 다른 문제였다. 너구리랑 빨간 셔츠가 강한 자라니 누가 그 말에 찬성한다는 말인가.

불공평한 것은 불공평한 것이고 어쨌든 내가 숙직을 설 차례가 돌아왔다. 나는 어릴 적부터 내가 덮던 이불이 아니면 잠을 깊이 못 잔다. 그래서 친구들 집에 가서 잠을 잔 적이 한 번도 없다. 친구네 집에서도 잠을 못 자는데 하물며 숙직실에서라니 기가 찼다. 하지만 이것도 월급 40엔 속에 포함되는 것이라 별수 없었다.

선생들도 학생 놈들도 다 돌아가고 혼자 멍하니 있는 건 참으로 한심스러웠다. 숙직실은 기숙사의 서쪽 끝방이었다. 잠깐 동안 지는 햇볕을 그대로 받는 방에 있자니 숨이 막혀 견딜 수가 없었다. 촌구석이라 가을이 되어도 볕이 따갑고 날이 덥다. 사환에게 학생들이 먹는 밥을 가져오라고 했다. 어찌나 맛이 없던지 질려 버렸다. 그런 음식을 먹고도 용케 날뛰는구나 싶었다. 아무튼 저녁밥까지 다 먹었는데 밖은 여전히 밝았다. 온천 탕에 뛰어들고 싶었다. 숙직을 하면서 밖에 돌아다녀도 괜찮은지는 모르겠지만, 그렇게 갇혀 있자니 좀이 쑤셔 못 견딜 지경이었다.

내가 이 학교에 처음 온 날이 떠올랐다. 그때 사환 아이가 숙직 선생은 잠깐 볼일 보러 나갔다고 말했다. 그 당시에는 이상하다고 생각했는데, 내가 막상 그 입장이 되고 보니 저절로 고개가 끄덕여졌다. 사환 아이를 불러 잠깐 나갔다 오겠다고 했더니, 이 녀석이 물었다.

"무슨 볼일 있으세요?"

"볼일이 아니라 온천에 좀 가는 거다."

재빨리 빠져나왔다. 나의 빨간 수건을 안 가지고 온 것이 좀 아쉬웠지만, 그날은 온천에서 수건을 빌리기로 했다. 욕탕에 들락날락하며 몸을 좀 풀었더니 그제야 겨우 밖이 어둑어둑해져서 기차를 타고 역에 내렸다.

뚜벅뚜벅 기분 좋게 걸어가는데 맞은편에서 너구리가 걸어오는 것이었다. 기차를 타고 온천 탕에 가나 싶었다. 내가 그 옆을 지나가는데 내 얼굴을 보기에 가볍게 인사를 했다.

"자네, 오늘 숙직 당번 아니었나?"

사뭇 진지한 어투였다. 알면서 '아니었나'라고 묻는 건 뭔지 모르겠다.

"오늘 처음 숙직을 서는구먼, 그럼 수고하게."

바로 두 시간 전에 나한테 그렇게 말했으면서 말이다. 교장인지 뭔지 감투를 쓰면 다 저렇게 말을 빙빙 돌려서 하나 싶어 짜증이 났다.

"맞습니다. 오늘 밤은 제가 당번이라 지금 들어가서 꼼짝 않고 있을 테니 걱정 마십시오."

빨리 그 자리를 떴다. 거의 다 와서 마지막 모퉁이를 돌자, 이번에는 거센 바람과 마주쳤다. 괭이 마빡만한 동네라 어쩔 수가 없었다. 문밖만 나서면 꼭 누군가와 부딪쳤다.

"어이, 자네 오늘 숙직 당번 아니었어?"

"네, 숙직입니다."

"숙직하는 사람이 이렇게 나와서 돌아다니면 안 되지."

"잠깐 나왔다가 들어가는데 안 될 게 있습니까? 나왔는데 안 돌아다니면 안 될 것이지요."

"자네 그렇게 흐리터분하게 일하면 곤란해. 교장이나 교감이라도 만나면 골치 아파진다고."

어울리지 않는 소리를 했다.

"교장 선생님은 지금 막 마주쳤는데, 더울 때 산책이라도 하지 않으면 숙직하는 것도 꽤 고생일 거라면서 위로하셨어요."

이젠 누굴 또 만날까 무서워서 얼른 학교로 돌아왔다.

이윽고 해가 저물었다. 해가 진 다음 한두 시간 동안은 사환 아이를 숙직실로 불러 이야기를 했으나 금세 싫증이 났다. 잠이 안 오더라도 일단은 누워 보자 생각하고 잠옷으로 갈아입었다. 모기장으로 들어가 빨간 담요를 걷어 젖히고 풀썩 앉았다가 벌렁 드러누웠다.

자기 전에 이불 위에 풀썩 앉는 것은 어릴 적부터의 버릇이었다. 오가와마치의 하숙집에 머물 때는 아래층에 묵던 법률 학교 선생이 좋지 않은 버릇이라며 기분 나쁜 소리를 한 적도 있었다. 야들야들한 법률 학교 선생이란 작자가 되지도 않는 소리를 길게 늘어놓기에, 쿵쿵거리는 것은 내 탓이 아니라 건물이 부실한 탓이니까 할 말 있으면 하숙집 주인에게 하라고 퉁명스럽게 대꾸했다. 숙직실이야 아래층 걱정할 필요가 없으니 마구 쿵쿵거려도 괜찮았다. 될 수 있는 대로 소리를 크게 내며 주저앉지 않으면 잔 것 같지가 않았다. 게다가 온천도 다녀오지 않았는가 말이다.

"아이고, 기분 좋다."

다리를 쭉 뻗었는데 뭔가가 들러붙었다. 까칠까칠한 것이 벼룩은 아닌 것 같아서 다리로 이불 속을 휘저어 보았다. 닿는 것이 더 많아졌다. 후다닥 다리를 빼내 보니 정강이 대여섯 군데, 허벅지 네댓 군데가 불그스레했고, 엉덩이 밑에서 뿌직하고 뭉개지는 소리가 났다. 배꼽 근처도 한군데가 벌겠다. 벌떡 일어나 담요를 걷었더니 족히 5, 60마리는 되는 메뚜기가 튀어나왔다. 정체를 몰랐을 때는 기분만 이상했는데, 메뚜기라는 것을 알자 열이 확 뻗쳤다.

'메뚜기 주제에 사람을 이렇게 놀래다니, 어디 맛 좀 봐라.'

잽싸게 베개를 집어 들고 두세 번 후려쳤지만 그놈들이 너무 작아서 소용없었다. 이번에는 봄날 대청소하듯이 돗자리를 둘 돌 말아 그놈들이 튀어나왔던 곳을 힘껏 내리쳤다. 이것들이 놀란 데다 돗자리로 얻어맞으니 내 어깨나 머리 위로 날아와 앉거나 부딪히는 바람에 정신을 차릴 수가 없었다. 얼굴에 붙은 놈은 베개로 칠 수가 없어 손으로 잡아서 있는 힘껏 집어 던졌다. 하지만 아무리 젖 먹던 힘까지 짜내서 메뚜기들을 내던져도 그놈들이 날아가 부딪치는 곳이 모기장이라 또다시 날아올랐다. 수고한 보람이 없었다. 메뚜기는 얻어맞으면서도 그대로 있었다. 죽지도 않았고 도망도 안 갔다. 마침내 30분 정도 걸려서 메뚜기들을 다 때려잡았다.

빗자루를 가져와서 메뚜기 시체를 쓸어 담았다. 사환 아이가 방으로 들어왔다.

"무슨 일이에요?"

"무슨 일이냐니. 메뚜기를 이불 속에다 키우는 녀석이 어디 있냐. 이 세상에!"

소리치면서 빗자루를 문 쪽으로 집어 던졌더니 사환 아이는 빗자루를 들고 나가 버렸다.

나는 기숙사로 올라가 대표로 세 명을 불러냈다. 그랬더니 여섯 명이 나왔다. 여섯 명이든 열 명이든 그게 문제가 아니었다.

잠옷 바람으로 그 자리에서 담판을 지으려고 했다.

"뭣 땜에 메뚜기를 내 잠자리에 넣었나?"

"메뚜기가 뭔디요?"

맨 앞줄에 선 놈이 다시 물었다. 재수 없게 시치미를 뚝 떼고 있었다. 이 학교는 교장을 비롯해서 학생들까지 빙빙 말을 돌린다.

"메뚜기가 뭔지 모른단 말이야? 그렇다면 내 보여 주지."

한 마리 잡아서 보여 주려고 돌아섰더니 싹 쓸어 버려서 한 마리도 남아 있지 않았다. 다시 사환 아이를 불렀다.

"아까 내다 버린 메뚜기, 도로 갖고 들어와라."

"벌써 다 쓸어 담아서 버렸는데 다시 주워 올까요?"

"그래, 다시 주워 와!"

소리를 치자 사환 아이가 뛰어나가서 한참 만에 종이 위에 메뚜기를 열 마리 정도 얹어 왔다.

"너무 죄송한데요, 밖이 캄캄해서 이것밖에 못 주워 담았어요. 내일 더 많이 주워 올게요."

이거 원, 사환까지 바보였다. 나는 메뚜기 한 마리를 집어 녀석들에게 보였다.

"이게 메뚜기란 것이다. 덩치는 산만해 가지고 메뚜기가 뭔지 모른다니 말이나 되냐?"

왼쪽 맨 끝에 있던 얼굴이 동그란 녀석이 말대꾸를 했다.

"방아깨비구만요, 그거."

"너희들은 방아깨비라고 부를지 몰라도 표준어로는 메뚜기다. 메뚜기를 방아깨비라고 부른다고 메뚜기가 아닌 줄 알아?"

"방아깨비는 방아깨비고, 메뚜기는 메뚜기지라."

뒷줄에 선 녀석이 말했다. 내 참, 죽을 때까지 이 따위로 간죽거릴 녀석들이었다.

"그래, 메뚜기든 방아깨비든 왜 내 이불 속에 저런 것들을 집어넣었느냐 말이다. 내가 언제 저런 것들 집어넣어 달라고 한 적 있어?"

"아무도 집어넣지 않았는디요."

"아니, 일부러 집어넣지 않았는데 어떻게 저것들이 이불 속에 들어왔단 말이야?"

"방아깨비는 본디 따뜻한 데를 좋아하는디. 저거들이 좋아서 찾아들어간 것 같은디."

"바른 대로 대. 누가 이 따위 장난을 했는지."

"바른 대로 대라고 그러셔도 그런 사람이 없는데 어찌 말을 한대요?"

비겁한 놈들이었다. 자기가 한 일을 정정당당히 밝히지 못할 바에야 시작도 하지 말았어야 했다. 증거가 없다고 시치미를 뗄

심산으로 말꼬리를 잡는 모습이 더 얄미웠다. 나도 중학교 때 장난이라면 꽤 쳐 본 사람이다. 그러나 내가 안 했다고 잡아뗀 적은 한 번도 없었다. 거짓말을 해서 벌을 피할 생각이라면 처음부터 장난을 하지 말 일이었다.

장난과 벌은 붙어 다니는 것이고, 벌이 있으니까 장난칠 마음도 생기는 것이다. 장난은 실컷 쳐 놓고 벌은 안 받으려고 피하다니 도대체 어디서 배워 먹은 버릇인지 한심했다. 돈은 빌리면서 갚아야 될 땐 오리발 내미는 비열한 놈들은 모두 그런 녀석들이 어릴 적 버릇 못 버리고 자라서 그렇게 된 것이다. 그런 녀석들은 도대체 학교에 와서 뭘 배우는 건지 모르겠다. 기껏 학교에 와서 거짓말이나 하고, 사람을 속여 먹고, 다른 사람 뒤에 숨어서 욕이나 하고, 이 따위 장난질이나 하다니 말이다. 저런 것들도 나중에 졸업장 받고 "나 학교 나왔네." 하고 큰소리치고 다닐 테니, 썩어 빠진 놈들하고 얼굴 마주 대하기조차 비위가 뒤틀렸다.

"그렇게 시치미를 떼겠다면 더 물을 것도 없다. 중학교까지 들어와서 교양 있는 것과 비열한 것도 구별하지 못하니, 너희들도 참 안됐다."

여섯 명을 내쫓았다. 나는 그다지 교양 있는 사람은 아니었지만 마음가짐만은 저런 녀석들보다 훨씬 발랐다. 여섯 놈은 유유히 물러갔다. 언뜻 보면 저 녀석들 겉모습이 교사인 나보다 훨씬 잘나 보일지도 몰랐다. 안달하지 않고 진득하니 서 있는 녀석들의 모습이 나를 더욱더 화나게 했지만 아무튼 나는 그런 놈들을 당해 낼 재간이 없었다.

다시 이불 속에 들어가 보니 조금 전 소동 때문에 모기장 속에서는 모기들이 윙윙 소리를 내고 있었다. 초를 들고 한 마리씩 태워 죽일 수는 없는 노릇이라서, 모기장 줄을 풀어서 길게 묶어 방 한가운데서 흔들어 대다가 금속 고리에 손등을 얻어맞았다. 대충 정리를 하고 잠을 청했는데 좀처럼 잠이 오지 않았다.

10시 반이 되었다. 퍽 성가신 곳에 왔구나 싶었다. 도대체 중학교 선생이란 것이 그런 꼴이나 당한대서야 그처럼 딱한 일이 또 있겠나 싶었다. 그런데도 선생이란 인간들이 끊이지 않고 나오는 것을 보면 다들 무척이나 참을성 있는 벽창호라도 되나 보았다.

그러다가 문득 기요가 생각났다. 교육도 받지 못하고 신분도 미천한 노인이지만 인간성은 높이 살 만했다. 그때까지 보살핌을 받고도 고맙다는 생각 한번 안 했는데, 혼자서 고향을 떠나와 보니 비로소 신세를 많이 졌다는 생각이 들었다. 기요는 날 보고 욕심 없고 올곧은 성품이라고 칭찬하곤 했는데, 나보다 칭찬하는 쪽이 더 훌륭한 인간이었다. 기요가 보고 싶었다.

기요를 생각하면서 몸을 엎치락뒤치락하고 있는데 별안간 머리 위에서 3, 40명쯤이 2층 마룻바닥이 꺼질 정도로 박자를 맞춰 가며 발을 구르는 소리와 함성이 들렸다.

"이건 또 뭐야?"

자리에서 일어났다. 일어나는 순간, 아하, 내가 불러낸 것 때문에 이것들이 또 날뛰는 거구나 하는 생각이 머리를 스쳤다.

'네놈들이 잘못을 스스로 뉘우치기 전까지는 그 죄가 완전히 가시지 않는 거야. 네놈들 머릿속에 그대로 남아 있을 테니, 제대로 된 놈들이라면 밤새 죄를 뉘우치고 내일 아침 날이 밝는 대로 날 찾아와 사죄를 해야 옳지. 사죄까지는 안 하더라도 밤이 늦었는데 조용히 잠은 자야 될 거 아니야. 근데 이건 또 뭐야. 기껏 기숙사를 지어 놓고 돼지 새끼들을 치는 것도 아닐 테고. 고약한 장난도 정도껏 해야지.'

나는 잠옷 바람으로 숙직실을 나와 뛰어 올라갔다. 그러자 요상하게도 우당탕 하던 소리가 갑자기 싹 사라졌고 발소리도 들리지 않았다. 전등은 모두 꺼져 있었고, 기숙사 안은 온통 캄캄했다. 어디 뭐가 있는지 확실히 모르겠지만 사람이 있으면 느낌으로도 알 수 있다. 한데 동쪽 끝에서 서쪽 끝까지 길게 뚫린 복도에 쥐 새끼 한 마리도 없었다. 복도 바깥에서 달빛이 비쳐 맞은편 쪽은 오히려 밝았다. 그런데 아무도 없었다. 아무리 생각해도 이상했다.

나는 어릴 적부터 꿈을 꾸다가 벌떡 일어나 횡설수설 잠꼬대를 하고 돌아다녀서 웃음거리가 된 적이 자주 있었다.

'내가 꿈을 꾼 것인지도 몰라. 확실히 쿵쾅대긴 했는데……'

복도 한가운데 서서 꿈인지 생시인지 신중하게 생각하고 있는데 달빛이 비치는 저쪽 끝에서 갑자기 3, 40명의 목소리가 하나 되어 울려 퍼졌다.

"하나, 둘, 셋, 오하!"

그런 다음 곧바로 아까 내가 들은 것처럼 발로 박자를 맞춰서 모두가 마룻바닥을 구르는 것이었다. 꿈이 아니었다. 역시 사실이었다.

"조용히들 해. 한밤중이야."

나도 뒤질세라 소리를 치며 건너편 복도로 뛰어갔다. 내가 그때 뛰고 있는 복도는 캄캄했다. 복도 끝 쪽의 달빛을 등대 삼아 뛰었다. 3.6미터쯤 뛰었는데 복도 한가운데에서 뭔가 딱딱하고 커다란 것에 정강이를 정통으로 부딪혔다.

'아! 아프다.'

그 순간 앞으로 고꾸라졌다. 일어나 보았지만 움직일 수가 없었다. 열이 바짝 올라 한쪽 다리로 일어섰는데 벌써 발 구르는 소리도 사람 소리도 나지 않았다. 잠잠했다. 아무리 인간이 비겁하다고 해도 분수가 있어야 했다. 이건 인간이 아니라 돼지였다.

'두고 봐라, 이따위 짓을 하는 놈들을 모조리 잡아내지 않고서는 절대로 물러서지 않는다.'

마음을 굳게 먹고 방문을 확 열어젖혀서 샅샅이 검사하려고 했는데 문이 열리지 않았다. 열쇠로 잠근 것인지, 책상을 문 앞에 쌓아 놓은 것인지, 아무리 밀어도 꿈쩍하지 않았다. 이번에는 동쪽 끝에서 함성과 발 구르는 소리가 났다.

'이놈들이 동쪽, 서쪽 서로 짜고 사람을 골탕 먹일 셈이군.'

당장 어찌해야 좋을지 생각나지 않았다. 솔직히 털어놓자면, 내가 불의를 보면 못 참고 울컥하지만 그걸 해결할 지혜가 모자란다. 그런 때는 어떡해야 좋을지 묘안이 떠오르질 않는다. 방법은 모르겠지만 결코 물러설 수는 없었다. 그대로 있으면 내 체면이 말이 아니었다.

숙직을 하면서 머리에 피도 안 마른 까까머리들한테 골탕이나 먹고, 포기하고 들어가서 자는 꼴을 보이면 평생 불명예였다. 이래 봬도 하타모토(에도 시대 대대로 장군을 지낸 명가)이다. 하타모토 집안이면 세이와 겐지(세이와 천황에서 뻗어 나와 겐지 성을 받은 씨족)로 다다의 만주(헤이안 시대의 장군)의 자손이다. 그런 촌구석 천민들과는 태생부터 다르다.

그 상황을 어찌해야 좋을지 대책이 없는 것이 애석할 따름이었다. 대책이 없다고 질 수는 없었다. 결국 세상에선 정의가 반드시 승리한다.

'오늘 밤 안으로 못 이기면 내일 이긴다. 내일 이기지 못하면 모레 이긴다. 모레도 이기지 못하면 하숙집에 도시락을 싸 달라고 해서 승리할 때까지 이곳에 있을 것이다.'

이렇게 결심하고 복도 한가운데 책상다리를 하고 앉아 날이 샐 때를 기다렸다. 모기가 앵앵거리며 달려들었으나 꿈쩍하지 않았다. 부딪힌 정강이를 만져 보니 끈적끈적했다. 피가 나는 것 같았다.

인기척이 느껴졌다. 문이 반쯤 열리고 학생 둘이 내 앞에 서 있었다. 나는 정신을 차리고 놈의 다리를 부여잡고 있는 힘껏 잡아당겼다. 그랬더니 그놈이 벌렁 뒤로 나자빠졌다. 나머지 한 명이 당황스러워하는 틈을 타서 그놈마저 확 덮쳤다. 어깨를 잡아 누르며 두세 번 흔들었더니 입은 떡 벌어지고 눈은 휘둥그레졌다.

"이놈들, 내 방으로 와"

일으켜 세우고 보니 겁먹은 표정이었다. 날은 이미 밝았다. 어젯밤 소동에 대해 다그쳤지만 그놈들은 어차피 돼지인지라 끝까지 자백을 하지 않았다.

"모른다니께요."

그러고 있는데 한 명이 내려오고, 또 한 명이 들어왔다. 한 명씩 두 명씩 2층에서 숙직실로 모여들었다. 그 낯짝들을 보니 모두 졸린 듯 눈꺼풀이 축축 처져 있었다. 한심한 놈들이었다.

"하룻밤 못 잤다고 얼굴들이 그게 뭐냐? 그러고도 남자냐? 세수라도 하고 다시 들어와."

아무도 갈 생각을 하지 않았다. 50여 명을 세워 두고 한 시간가량 입씨름을 하는데 느닷없이 너구리가 방으로 들어왔다. 사환 아이가 학교에 소동이 났다고 너구리에게 일러바친 것이었다. 그까짓 일로 교장을 부르다니 간도 참 작다. 그러니 중학교 사환 노릇이나 하고 있겠지 싶었다.

"내 처분이 있을 때까지 정상적으로 수업에 들어가라. 빨리 나가서 세수하고 밥 먹지 않으면 수업 시간 놓치니까 서둘러라."

교장이 녀석들을 모두 내보냈다. 참 시시한 처분이었다. 나 같으면 그 자리에서 저놈들 모두 퇴학시켜 버리겠다. 그렇게 물러 터졌으니 녀석들이 숙직 선생을 바보로 알고 놀리는 것이었다.

"어젯밤 학교 일 걱정하느라 잠도 못 자고 피곤할 테니, 오늘 수업은 쉬게."

"아닙니다. 이런 일이 매일 밤 있다고 해도 목숨이 붙어 있는 한 걱정할 것 없습니다. 수업은 합니다. 하룻밤 못 잤다고 수업을 못 할 정도라면 월급을 도로 내놓겠습니다."

교장은 무슨 생각을 했는지 잠시 내 얼굴을 쳐다보더니 물었다.

"자네 얼굴이 퉁퉁 부었는데 정말 괜찮겠나?"

듣고 보니 어쩐지 얼굴이 묵직한 느낌이 들었다. 그리고 가렵기 시작했다. 밤새 복도에 앉아 있을 때 모기가 와서 엄청나게 물어 댄 모양이었다. 나는 얼굴을 긁적이면서 대답했다.

"얼굴은 이래도 입은 멀쩡하니 수업하는 데는 지장 없습니다."

"아이고, 기운 좋으시네."

교장은 웃으면서 칭찬했다. 사실을 말하자면 칭찬이 아니라 비꼬는 것이었다.

5

"낚시하러 같이 안 가실래요?"

어느 날 빨간 셔츠가 물었다.

빨간 셔츠는 비위가 상할 정도로 상냥한 목소리를 냈다. 남자인지 여자인지 알 수 없을 정도였다. 남자라면 남자다운 목소리를 내야 하는 법이다. 게다가 대학까지 나온 사람 아닌가 말이다. 물리 전문학교만 나왔어도 내 목소리 정도가 나오는데, 문학사씩이나 되는 사람이 볼썽사나웠다.

"아 네, 낚시요?"

내가 별로 내키지 않는다는 듯 대답했다.

"낚시는 해 본 적이 있나요?"

"뭐, 많지는 않지만 어릴 때 고메의 유료 낚시터에서 붕어를 한 세 마리 잡은 적이 있습니다. 그리고 가구라자카의 비샤몬(일본 신화에서 칠복신의 하나) 잿날 낚싯대로 한 25센티미터쯤 되는 놈을 잡았다가 놓친 적이 있는데, 그건 지금 생각해도 좀 아깝습니다."

"호호호."

빨간 셔츠는 턱을 앞으로 쭉 빼고 웃었다. 그게 뭐 우스운 이야기라고 호호호라고 웃었는지 모르겠다.

"그럼, 아직 낚시 맛은 잘 모르시는 거네요. 괜찮으시면 내가 한 수 가르쳐 드리지요."

의기양양하게 이야기했다.

'누가 배우고 싶대? 낚시질이나 사냥질하는 것들은 피도 눈물도 없는 것들이다. 멀쩡히 살아 움직이는 것을 죽여 놓고 좋아하다니. 물고기든 새든 잡혀 죽는 것보다 살아 움직이는 것을 당연히 좋아할 텐데. 낚시질이나 사냥질을 안 하면 굶어 죽는다면 또 몰라도, 그렇지 않고도 먹고사는 데 문제없는 사람들이 살아 있는 것을 죽이다니 배부른 소리지.'

문학사라 달변가일 테니 말싸움은 상대가 안 된다고 생각해 잠자코 있었다.

"자, 내가 돈도 안 받고 한 수 가르쳐 줄 테니, 어때요? 요시카와 선생이랑 둘만 가면 심심하니까 같이 가시죠."

요시카와는 미술 선생인 그 떠버리의 이름이었다. 떠버리는 무슨 속셈인지 빨간 셔츠네 집에 아침저녁으로 들락거리면서 붙어 다닌다. 주인과 종놈처럼. 둘만 가면 될 것이지 뭐 하러 나한테까지 말을 걸었는지 모르겠다. 아마 자기가 강태공이나 되는 줄 알고 고기를 낚아 올리는 모습을 보여 주면서 잘난 체하려고 말을 꺼냈을 것이다. 그렇다고 기죽을 내가 아닌데 말이다.

'나도 사람인데 아무리 서툴러도 낚싯줄 늘이고 앉아 있으면 뭐든 걸리겠지. 내가 안 간다고 하면 빨간 셔츠는 분명 낚시가 서툴러서 피하는 줄로 착각할 것이다.'

"가겠습니다."

그날 수업을 끝내고 3시까지 앉아 있다가 바로 집으로 와서 옷을 대충 갈아입고 정류장에서 빨간 셔츠와 떠버리를 만나 해변으로 향했다. 배 안을 둘러보았지만 낚싯대는 없었다.

"낚싯대 없이 낚시를 할 수 있나요? 어쩔 셈이지요?"

"바다낚시 할 때는 낚싯대를 쓰지 않아요. 실로 합니다."

떠버리는 턱을 만지면서 자기가 낚시 전문가라도 되는 양 말했다. 차라리 입 다물고 앉아 있을 것을 그랬다. 뱃사공이 천천히 노를 젓는다 싶었는데, 벌써 뭍이 조그맣게 보일 정도로 육지에서는 멀리 떨어진 바다에 나와 있었다. 건너편을 보니 섬하나가 덩그러니 떠 있었다. 섬 위에는 돌과 소나무뿐이었다. 빨간 셔츠는 먼 곳을 둘러보았다.

"경치 한번 기막히네."

그러자 바로 떠버리가 말을 받았다.

"절경입니다."

절경인지 뭔지 나는 모르겠지만 어쨌든 기분은 상쾌했다. 망망한 바다 위에서 바닷바람을 쐬는 것은 좋은 일임이 분명했다. 배가 고파졌다.

"저 소나무 좀 봐. 줄기가 곧고 위는 우산 모양인 게 터너의 그림 같네."

"그야말로 터너로군요. 저 모양이라니 터너가 분명합니다."

터너라니. 그게 뭔지 모르겠지만 몰라도 문제 될 게 없어서 가만히 있었다. 배는 섬을 오른쪽으로 돌더니 천천히 섰다. 파도는 전혀 일지 않았다. 바다 위라고는 믿기지 않을 정도로 잔

잔하고 고요했다. 할 수 있으면 사람이 안 산다는 섬에 한번 내려 보고 싶어서 물었다.

"저기 저 바위들 있는 곳에는 배를 댈 수 없나요?"

"배야 갖다 댈 수 있지만 낚시하기에 암벽은 좋지 않아요."

난 그냥 잠자코 있었다. 그러자 떠버리가 쓸데없이 떠들었다.

"교감 선생님, 저 섬을 터너 섬이라고 부르는 게 어떨까요?"

"그거 좋겠네요. 이제부터 우리는 그렇게 부릅시다."

빨간 셔츠가 고개를 끄덕였다. 그 '우리' 속에 나도 포함시킨 거라면 곤란했다. 나는 그저 푸른 섬이면 되었다. 떠버리가 떠벌렸다.

"저 바위 위에 라파엘로의 마돈나 상을 갖다 놓으면 좋은 그림이 될 것 같지 않습니까?"

"마돈나 얘기는 그만두도록 하지요. 호호호."

빨간 셔츠가 비위 뒤틀리는 소리를 내며 웃었다.

"뭐가요, 아무것도 없는데요, 뭘."

내 말에 얼굴을 힐끔 쳐다보더니 얼른 고개를 돌리고 실실 웃는다. 나는 왠지 기분이 안 좋아졌다. 마돈나든 고단나(작은 도련님)든 자기들 마음대로 세우든 눕히든지 할 일이지 자기네끼리 얘기를 해 놓고 모를 테니 괜찮다는 둥 떠들다니 정말이지 교양머리 없는 행동이었다. 그러면서 자기도 도쿄 태생이라고 떠들고 다니다니. 마돈나라는 것은 아무래도 빨간 셔츠의 단골 기생 별명이지 싶었다. 자기가 예뻐하는 기생을 무인도 소나무 아래 세워 두고 바라보는 것은 어려울 것도 없었다. 그걸 떠버리가 유화로 그려서 전시회에라도 내면 좋을 터였다.

"여기가 좋겠지요?"

뱃사공이 배를 세우고 닻을 내렸다. 빨간 셔츠가 물었다.

"보자, 깊이가 어느 정도나 될까?"

"10미터 정도는 되겠네요."

"그 정도라면 도미는 잡기 어렵겠네."

빨간 셔츠가 실을 바다에 던졌다. 폼은 꼭 도미라도 낚아 올릴 기세였다. 통도 컸다.

"왜요, 교감 선생님 솜씨라면 충분히 잡으시지요. 게다가 오늘은 바람까지 자는데요. 뭘."

떠버리는 아첨을 하면서 자기도 실을 잡고 바다로 던져 넣었다. 실 끝에 낚시 추인지 뭔지 납덩이만 붙어 있을 뿐 낚시찌가 없었다.

"자, 선생도 해야지요. 실 있습니까?"

빨간 셔츠가 쳐다보면서 물었다.

"실은 남을 만큼 있지만 찌가 없습니다."

"찌가 없다고 낚시를 못하면 풋내기지요. 실이 바다 밑에 닿았을 때 뱃전에서 검지로 움직임을 살피세요. 놈들이 물면 손끝에 느낌이 옵니다. 그럼 되는 거죠."

"왔다!"

실을 끌어 올리기 시작했다. 뭔가 잡았나 보다 했는데 아무것도 없었다. 미끼만 뜯어 먹은 모양이었다. 쌤통이었다.

"교감 선생님, 정말 아깝네요. 교감 선생님 솜씨로도 놓치신 걸 보면 오늘 영 운이 안 따라 줄 것 같은데요. 뭐 놓치긴 했어도 찌만 바라보고 있는 사람들보다는 훨씬 낫지요. 브레이크가 없다고 자전거를 못 타겠다고 하는 거나 마찬가지 태도 아니겠습니까."

떠버리는 혼자 잘도 주절댔다. 주먹으로 그 주둥이를 한 방 갈기고 싶었다.

'나도 사람이다. 교감 혼자서 세낸 바다도 아니고, 다랑어라도 한 마리 걸려 주면 좋잖아.'

실을 던지고 적당히 손끝으로 다루고 있었다. 잠시 기다리니까 뭔가 실 끝이 왔다 갔다 하는 느낌이 들었다.

'분명히 뭔가 걸렸다. 살아 있는 놈이 아니면 줄을 앞뒤로 흔들지 못할 거야. 좋아, 잡았다.'

나는 곧 단숨에 쭉 잡아당겼다.

"어이구, 잡으셨나 봐요. 청출어람이라더니."

떠버리가 무슨 소린지 떠드는 사이에 실이 거의 끌어당겨져 물속에 1미터 정도만 남아 있었다. 뱃전에서 내려다보니 은어처럼 줄무늬가 있는 물고기가 실 끝에 걸려 양옆으로 헤엄치면서 내가 손가락으로 잡아끄는 대로 딸려 올라왔다.

'재밌구나.'

물 위로 올라오면서 풀쩍 뛰어오르는 바람에 나는 얼굴에 소금물을 뒤집어썼다. 비위가 상했다. 꾹 참고 바늘을 빼내려고 했는데 잘 빠지지 않았다. 물고기를 잡은 손이 미끄덩거렸다. 정말 비위가 뒤틀렸다. 실을 쭉 잡아당겨 배 바닥에 내리쳤더니 금세 죽어 버렸다.

빨간 셔츠와 떠버리는 놀라서 쳐다만 보고 있었다. 바닷물에 손을 담그고 박박 문질러 씻어 내고는 냄새를 맡아 보았다. 여전히 비린내가 났다. 정나미가 뚝 떨어졌다. 이젠 뭐가 걸려들어도 물고기는 잡고 싶지 않았다. 물고기들도 잡히고 싶지 않을 것이다. 실을 둘둘 감아 버렸다.

"첫 번째로 걸린 놈이 고르키래서야."

떠버리가 건방을 떨면서 선수 쳤다.

"고르키라면 러시아의 작가와 비슷한 이름이네요(러시아의 대문호 고리키를 가리킴)."

"그러네요. 정말 똑같네요."

떠버리가 맞장구를 쳤다. 이것도 빨간 셔츠의 고약한 버릇이었다. 누굴 만나든 외래어를 주절거린다. 나 같은 수학 교사가 고리키인지 샤리키인지 알 게 뭔가 말이다. 좀 알 만한 소리를 하면 좋았을 것이다. 프랭클린이나 '푸싱 투 더 프런트'(입신출세에 관한 이야기로 당시 일본 교과서에 실려 있었다)처럼 알 만한 이야기를 하면 좋지 않나 말이다. 빨간 셔츠는 가끔 '제국 문학'인가 하는 잡지를 학교에 가져와서 보물 다루듯 조심조심 읽곤 했다. 거센 바람 얘기로는 빨간 셔츠가 떠들어 대는 외국 이름들은 다 그 잡지에 나온다고 했다. '제국 문학'도 문제였다.

빨간 셔츠와 떠버리는 뭔가 잡으려고 애를 써서 결국 한 시간 사이에 둘이서 열대여섯 마리를 낚았다. 그런데 이상하게도 잡히는 것마다 고르키였다. 도미는 약에 쓰려고 해도 없었다.

"오늘은 러시아 문학이 성공했군요."

빨간 셔츠가 떠버리에게 말했다.

"교감 선생님 솜씨로도 고르키밖에 안 걸리는 날이니 저야 고르키인 게 당연하지요."

떠버리는 또 아첨을 했다. 뱃사공에게 물어보니 이 물고기는 가시도 많고 맛도 없어서 사람이 먹지는 못 하고 그냥 비료로 쓴다고 했다. 빨간 셔츠와 떠버리는 한 시간 동안 사력을 다해 비료를 낚아 올린 셈이었다. 나는 싫증이 나서 배 바닥에 드러

누워 끝없이 펼쳐진 푸른 하늘을 올려다보았다. 낚시질보다 훨씬 운치 있고 좋았다.

두 사람이 소곤소곤 이야기를 시작했다. 잘 들리지도 않았고 별로 듣고 싶지도 않았다. 나는 하늘을 바라보면서 기요를 떠올렸다. 돈이 있어서 기요와 함께 여기에 놀러 오면 참 좋겠다고 생각했다. 정말 훌륭한 경치였지만 떠버리 같은 녀석과 같이 와서 재미가 없었다. 주름투성이 노인네지만 기요랑은 어디를 가든 부끄러울 것이 없었다. 떠버리하고 다니는 것은 기요랑 다니는 것하고는 비교할 수가 없었다. 도쿄 토박이들이 경박하다지만 그런 작자가 여기저기 돌아다니며 "제가 도쿄 토박입니다." 라고 한다면, 사람들은 '경박함' 하면 도쿄를 생각할 것이고 '도쿄' 하면 경박한 사람들이 사는 곳이라고 여길 것이었다. 그런데 아까부터 두 사람이 키득대기 시작했다. 띄엄띄엄 들려서 이유를 확실히 몰랐다.

"네? 그랬단 말이에요?"

"바로 그거예요 …… 모르니까요 …… 그게 죄지요."

"저런……."

"메뚜기를 …… 정말이에요."

나는 다른 말들에는 관심도 없었지만 메뚜기라는 떠버리의 말을 듣고는 귀가 번쩍 뜨였다. 떠버리는 무엇 때문인지 메뚜기란 말에는 일부러 힘을 줘서 내가 들을 수 있게 하고는 다시 소곤소곤 안 들리게 말을 했다. 나는 그대로 있었지만 귀는 뒤쪽으로 곤두세우고 있었다.

"아, 요번에도 훗타가……."

"튀김 …… 하하하."

"꼬드겨서……."

"당고도……."

메뚜기, 튀김, 당고라는 말이 나오는 것으로 봐서 틀림없이 내 얘기를 하고 있었다. 이야기를 하려면 큰 소리로 하든지, 내 험담을 하려면 자기들끼리 있을 때 할 일이지 나를 왜 끌어들이는 건지 별꼴이었다. 정말이지 상종하지 못할 놈들이었다. 메뚜기든 꼴뚜기든 어쨌든 나는 아무 잘못도 없었다. 교장이 자기에게 맡겨 두라고 하기에 너구리 체면 생각해서 그때까지 꾹 참고 있었는데, 떠버리 주제에 쓸데없이 끼어든 것이었다. 방 안에 틀어박혀서 붓이나 빨고 있지 않고 말이다. '내 일은 내가 알아서 처리할 테니 두고 봐라.' 이렇게 생각하고 있는데 "요번에도 훗타가…….", "꼬드겨서……."라고 한 말이 신경 쓰였다. 거센 바람 훗타가 나를 꼬드겨서 사건을 크게 만들었다는 말인지, 아니면 훗타가 학생들을 꼬드겨서 나를 골탕 먹였다는 것인지 잘 알 수가 없었다.

"이제 돌아가지."

빨간 셔츠가 그제야 정신이 난 듯 말하자 떠버리가 물었다.

"아, 벌써 시간이 이렇게 됐네요. 오늘 밤엔 마돈나 아씨 만나러 안 가십니까?"

"무슨 그런 쓸데없는 소리를……, 아니에요."

"에헤헤헤, 괜찮아요. 들어도 뭐…….."

떠버리가 돌아서는 순간, 나는 도깨비 눈을 하고 떠버리의 머리를 쏘아보았다.

"아이고! 이놈들 벌써 다들 뻗었네."

떠버리는 해를 바라보면서 말했다. 정말로 시건방진 놈이었다.

"선생은 낚시가 별로 재미없었나 봐요."

빨간 셔츠가 말을 걸었다.

"글쎄, 저는 누워서 하늘 구경하는 것이 더 좋았습니다."

"선생이 우리 학교에 새로 와서 학생들이 아주 좋아하고 있으니까 잘 가르쳐 주세요."

"별로 좋아하지 않던데요."

"아니에요. 그냥 하는 말이 아닙니다. 정말 좋아들 한다니까. 그렇지요, 요시카와 선생?"

"아유, 좋아하는 정도가 아닙니다. 아주 좋아 난리지요, 난리."

이 자식이 내뱉는 말은 한 마디 한 마디가 신경에 거슬렸다.

"하지만 선생, 조심하지 않으면 안 좋은 일이 생길 수 있습니다. 위험해요."

"어차피 세상살이가 다 그런 것 아닙니까? 저도 그런 것쯤 각오하고 있습니다."

실제로 나는 이 학교를 그만두든지, 그놈의 기숙사 돼지 새끼들한테 끝까지 사죄를 받아 내든지 둘 중 하나를 선택할 참이었다.

"그러면 할 얘기는 없지만, 교감으로서 선생이 염려되어 한 말이니 나쁘게 듣진 마세요."

그러자 이번엔 떠버리가 제법 사람다운 말을 했다.

"교감 선생님은 확실히 선생에게 호감을 갖고 계시지요. 나도 같은 도쿄 출신이라 서로 힘이 되어 주면서 오랫동안 선생과 함께 이 학교에서 교직 생활을 했으면 좋겠어요."

'너한테 신세를 지느니 차라리 목을 매고 죽는 편이 낫겠다.'

"그래서 말인데요, 학생들은 선생이 우리 학교에 온 것은 환영하는데 사정이 있어서……, 선생도 화가 날 때가 있겠지만, 인내심을 가지고 지켜보세요. 결코 해를 끼치지는 않을 테니까요."

"사정이 있다니, 무슨 사정입니까?"

"좀 복잡하지만 곧 알게 될 거예요. 저절로 알게 돼요. 그렇지 않나요, 요시카와 선생?"

"맞습니다. 보통 복잡한 게 아니라서 하루 이틀로는 파악하기 어렵죠. 그렇지만 조금씩 알게 될 겁니다. 내가 얘기해 주지 않아도 말입니다."

"그렇게 말 못할 사정이라면 안 들어도 좋습니다. 먼저 말을 꺼내셔서 여쭤 보는 겁니다."

"그렇죠. 말을 시작해 놓고 그만두는 것도 무책임한 짓이지요. 이렇게 말하면 좀 뭣합니다만, 선생은 이제 막 학교를 졸업했고 교사로서는 경험이 없잖아요. 그런데 이 학교생활이라는 것이 그렇게 쉽지만은 않아서, 선생이 학교에서 배운 것대로 돌아가지 않거든요."

"배운 대로 돌아가지 않으면 어떻게 돌아간다는 겁니까?"

"저런, 저런! 그렇게 대 놓고 물어보니까 경험이 없다고 하는 거예요."

"경험이야 부족하겠지요. 이력서에도 썼지만 스물세 해하고도 넉 달밖에 안 살았으니까요."

"저기, 그래서 생각지 못한 곳에서 이용당할지도 모른다고 얘기했잖아요."

"누가 이용하려고 한데도 겁날 게 없습니다."

"겁날 건 없겠지만, 선생 전임자가 이용당했으니 조심해야 한다는 거요."

떠버리가 어째 조용하다 했더니, 뱃머리 쪽에서 뱃사공과 낚시 얘기를 하고 있었다.

"제 전임자가 누구한테 이용을 당했습니까?"

"그런 얘기를 하면 그 사람의 명예가 어떻게 되겠어요. 확실한 증거도 없고 말이지요. 그런 실수를 할 수는 없잖아요? 어쨌든 우리 학교에서 교사 생활을 시작하는 거니까 첫 경험을 잘 치르지 않으면 우리도 선생을 이곳으로 부른 보람이 없지요. 아무쪼록 신경 좀 써 주세요."

"신경을 써 달라고 해도 더 신경 쓸 일은 없습니다. 나쁜 짓을 안 하면 되는 겁니다."

많은 사람이 나쁜 길로 들어서는 걸 당연하게 여기는 모양이다. 나쁜 것에 물들지 않으면 성공할 수 없다고 믿는 것 같다. 그렇다면 초등학교나 중학교에서 솔직하라고 가르치지 말고 차라리 거짓말하는 법, 사람을 의심하는 기술, 사람 등치는 술책을 가르치는 편이 이 세상과 그 사람을 위해서 도움이 될 것이다.

빨간 셔츠가 "호호호."하며 웃은 것은 내가 융통성이 없다고 생각하며 웃었을 터였다. 하지만 순수하고 솔직한 것이 손가락질 받는 세상이라면 어쩔 수 없었다. 기요라면 그런 때 결코 웃지 않고 내 이야기를 진지하게 들어 주었을 것이다. 기요가 빨간 셔츠보다 훨씬 훌륭한 사람이었다.

"자기가 나쁜 짓을 하지 않는다고 해서 다른 사람의 나쁜 점을 알아채지 못하면 큰코다칠 수 있어요. 아무리 통이 크고 뒤끝이 없어 보여도, 친절하게 집을 알선해 줘도 절대 방심해서는 안 되는 사람이 있으니까요. 이거 벌써 쌀쌀해지네, 이제 정말 가을인가 봐요. 바다 쪽은 벌써 안개 때문에 자주색이네요. 멋지네, 여봐요! 요시카와 선생, 어때요? 저 바다 풍경."

빨간 셔츠는 큰 소리로 떠버리를 불렀다.

"와아, 정말 멋지네요. 시간만 있으면 캔버스에 담아 놓으면 좋겠는데, 아깝다."

떠버리가 수선을 떨었다. 항구 식당 2층 건물에 전등이 켜졌고 경적이 "뿌우!" 하고 울리자 배는 해변 모래밭에 뱃머리를 갖다 댔다. 나는 뱃머리에서 뛰어내렸다.

6

떠버리는 정말 싫은 놈이었다. 큰 맷돌을 발목에 묶어서 바다로 던져 버리는 것이 나라를 위하는 길일 것이었다. 빨간 셔츠

목소리는 비위가 상했다. 일부러 잘난 척하느라고 고상을 떨어서 그런 목소리가 나오는 것이라고 생각했다. 제아무리 잘난 척해도 저런 낯짝으로는 안 된다. 만일 저런 낯짝을 보고 잘생겼다고 하는 사람이 있다면 그건 마돈나 아씨뿐일 거였다.

집에 돌아와서 이야기를 되새겨 보니 '거센 바람은 좋은 사람이 아니니 조심하라'는 얘기 같았다. 그렇게 안 좋은 사람이면 모가지를 자를 것이지, 왜 그대로 두는 건지 모를 일이었다.

거센 바람이 학생들을 꼬드겨서 나한테 장난을 칠 이유도 없었다. 내가 미워서 혼내 주고 싶으면 한판 붙자고 하는 편이 간단했다. 아니면 사실 이러저러해서 방해가 되니까 학교에서 나가라고 하면 될 일이었다. 일리가 있다면 나는 그다음 날이라도 당장 그만둘 수 있으니 말이다.

이 촌구석에 와서 나한테 처음 빙수를 사 준 것이 거센 바람이었는데, 겉과 속이 다른 자한테서 빙수를 얻어먹었으니 내 얼굴에 똥칠한 셈이었다. 딱 한 그릇 먹었으니 빚진 돈은 1전 5리였다. 그다음 날 학교에 가자마자 갚아야겠다고 생각했다. 기요에게는 3엔을 빌렸다. 그 돈은 5년이 지난 그때도 갚지 못했다. 못 갚는 것이 아니라 안 갚는 것이었다. 남남처럼 갚고말고 따지지 않을 작정이다. 그런 생각은 기요의 마음을 몰라주는 것이 아닌가 싶다. 돈을 갚지 않는 것은 기요를 무시하는 게 아니라 내 일부로 생각하는 것이다. 기요와 거센 바람을 비교할 수는 없지만, 빙수든 뭐든 남에게 얻어먹고 아무 말 않는 것은 상대를 인간으로 보았기 때문이었다. 생각해 주는 척하다가 뒤통수를 치다니 괘씸했다.

'내일 가서 1전 5리를 갚고, 그 뒤에 한판 붙어야지.'

다음 날 아침 생각해 둔 일이 있어 다른 때보다 일찍 학교에 나가 거센 바람을 기다렸다. 그런데 거센 바람이 좀처럼 나타나지 않았다. 끝물 호박이 일등으로 들어왔다. 그다음은 한문이 들어오고 떠버리가 따라 들어왔다. 그리고 맨 마지막으로 빨간 셔츠까지 와서 책상에 자리를 잡았는데 거센 바람의 책상 위에는 분필만 한 자루 자빠져 있을 뿐 조용했다.

그날 아침 교무실에 들어가자마자 돈 갚을 생각을 했었다. 그때 빨간 셔츠가 다가왔다.

"어제는 내가 실례한 것 같아요. 좋아하지 않는 사람 괜히 불러내서 성가시게 했으니."

"성가시긴요. 덕분에 운동 좀 했습니다."

"선생, 어제 배 안에서 한 얘기는 비밀로 해 줘요. 아직 아무한테도 얘기 안 했을 테지만."

목소리만 계집애 같은 것이 아니라 조그만 일에 걱정하는 것도 그러했다. 다른 사람에게 퍼뜨릴 생각은 나에게도 없었다.

그렇지만 거센 바람과 직접 담판을 지으려고 돈까지 쥐고 왔는데 빨간 셔츠에게 제재를 당하면 곤란했다. 빨간 셔츠도 웃겼다. 거센 바람이라고 짐작할 만큼 할 얘기는 다 하고서 이제 와서 곤란하다니 말이다. 교감답지 않게 꽁무니를 빼려 했다.

"아무에게도 이야기하진 않았지만 거센 바람, 아니 홋타 선생과 담판을 지을 생각입니다."

빨간 셔츠는 표정이 싹 바뀌었다.

"아이고, 그러면 못 써요. 내가 홋타 선생이라고 꼭 집어서 얘기한 것도 아닌데. 선생이 그 일로 소란을 일으키면 내 입장이 뭐가 되나. 이 학교에 소란 피우러 온 거 아니잖아요?"

"당연하지요. 월급 받고 소란을 피우면 학교 입장도 곤란하겠지요."

"그럼요. 그러니 어제 일은 혼자서만 알고 입 밖으로 내진 말아 줘요."

"좋습니다. 저도 곤란한 점은 있지만 교감 선생님 입장이 곤란해지신다니 그만두지요."

"틀림없는 거지요?"

빨간 셔츠는 확인까지 했다. 어디까지 계집애처럼 굴려는지 몰랐다. 문학사라는 게 다 저렇다면 별 볼일 없는 작자들이다. 앞뒤도 맞지 않는 부탁을 하면서 아무렇지도 않아 했다. 거기다

나를 의심하기까지 했다. 나는 사내대장부이다. 한 번 약속하면 뒤돌아서서 헌신짝처럼 내버리는 비열한 생각은 하지 않는다. 시작종이 울렸다. 그런데도 거센 바람은 들어오지 않았다. 할 수 없이 1전 5리를 책상 위에 놓고 교실로 갔다.

첫 수업이 길어져서 약간 늦게 교무실로 돌아왔더니 선생들은 모두 자기 책상 앞에 앉아 있었고, 거센 바람도 어느 사이에 들어와 있었다. 결근인가 했더니 지각한 것이었다.

"오늘은 자네 덕분에 지각했네. 벌금 좀 대신 내 주게."

거센 바람이 내 얼굴을 보자마자 말했다. 나는 거센 바람에게 1전 5리를 내밀었다.

"이거 줄 테니 받으세요. 지난번 길 가다 먹은 빙수 값이에요."

웃으려다가 내가 심각한 얼굴로 서 있으니까 돈을 내 책상에 다시 올려놓았다.

"이거 왜 이래. 농담하나?"

"농담 아닙니다. 선생님한테 빙수 얻어먹을 이유가 없으니 내가 먹은 값은 내가 내겠다는 겁니다. 안 받을 이유도 없지 않습니까."

"1전 5리가 그렇게 맘에 걸린다면 받아 두겠네만, 갑자기 왜 이러는지 모르겠네."

"거저 얻어먹는 게 싫으니까 돈 내겠다는 겁니다."

거센 바람은 무표정한 내 얼굴을 보고 더는 아무 말도 하지 않았다. 빨간 셔츠가 부탁만 하지 않았어도 이 자리에서 거센 바람의 비겁함을 까발리고 한판 붙겠지만 입 밖에 내지 않겠다고 약속했으니 참을 수밖에 없었다.

"그래 좋아. 빙수 값은 내 받아 두는데, 자네 지금 그 하숙집에서 나와야겠어."

"하숙비는 내가 내고 있는데 나가든 말든 그건 내 맘 아닙니까?"

"그렇게 자네 맘대로 할 수 있는 것이 아니야. 하숙집 주인이 날 찾아와서 자네가 나가 주었으면 좋겠다고 하더군. 이유를 물으니까 집주인 말도 일리가 있어. 확실히 확인할 필요가 있다 싶어서 오늘 아침 그 집에 가서 자세한 얘길 듣고 오느라고 늦은 걸세."

나는 그건 갑자기 또 무슨 소린가 싶었다.

"집주인이 뭐라고 얘기했는지 모르겠지만 갑자기 방을 빼라니 무슨 소립니까? 이유를 먼저 말하는 것이 순서지, 집주인 얘기가 일리가 있다고 나가라니 무례한 말이군요."

"음, 그렇다면 말해 주지. 자네 행동이 너무 난폭해서 도저히 못 봐 주겠대. 아무리 하숙집 안주인이래도 하녀는 아니지 않은

가. 다짜고짜 발을 내밀고 닦으라고 하다니 너무하지 않나."

"내가 언제 하숙집 안주인한테 발을 닦으라고 했단 말입니까?"

"발을 닦았는지 안 닦았는지는 모르겠지만, 집주인이 더는 참을 수가 없으니 방을 빼라더군. 자기는 하숙비 10엔이나 15엔 정도는 족자 하나 팔면 금세 생기니까 상관없다더군."

"함부로 지껄이는 사람이군요. 그러면 왜 날 그 방에 들인 거랍니까?"

"그건 그 사람 마음이니 내가 알 바 아니고, 자네 그만 방을 빼 줘야겠네."

"빼고말고요. 선생님 얼굴 봐서 그동안 있어 줬는데, 괘씸한 놈."

"그 사람이 괘씸한 놈인지, 자네가 얌전히 행동하지 않은 건지 둘 중 하나겠지."

거센 바람도 지지 않겠다는 듯 큰 소리로 말했다. 교무실에 앉아 있던 다른 사람들이 무슨 일인가 하고 목을 쭉 빼고 쳐다보았다. 나는 특별히 부끄러운 짓 한 것도 없으니까 볼 테면 보란 듯이 일어나서 교무실 안을 휘둘러보았다. 모두들 멍하니 있었는데 떠버리 자식만 뭐가 재미있는지 히죽거리고 있었다. 나는 눈을 부라리면서 '네놈도 한번 붙어 볼 테냐?' 하는 표정으로 그놈을 쏘아보았더니 찔끔했다. 내 눈초리에 겁을 먹은 모양이었다. 또 종이 울렸다. 거센 바람도 나도 싸움을 멈추고 교실로 가야 했다.

오후에는 기숙사생들에 대한 처벌 문제로 회의가 열렸다. 회의라는 것이 어떤 건지 잘 모르겠지만 직원들이 모여서 자기들 생각을 지껄이면 교장이 적당히 정리하는 것이라고 생각했다. 누가 보더라도 분명히 괘씸한 일인데 회의를 한다니 낭비였다. 그런 건 교장이 그 자리에서 처리하면 될 일이었는데 배짱이 없었다. 교장이라는 자가 그 모양이니 한심했다. 교장은 결단성 없는 굼벵이였다.

회의실은 교장실 옆에 있는 긴 방으로, 평소에는 식당으로 쓰였다. 검은 가죽으로 씌운 의자 스무 개 정도가 긴 테이블 주위에 놓여 있었는데, 간다에 있는 서양 요릿집 같은 분위기가 났다. 테이블 맨 끝에 교장이 앉았고, 교장 옆에 빨간 셔츠가 자리를 잡았다. 그다음부터는 각자 알아서 의자에 앉는데, 체육 선생은 겸손해서 언제나 말석에 앉는다고 들었다.

나는 과학 선생과 한문 선생 사이에 끼여 앉았다. 테이블 건너편을 보니 거센 바람이 떠버리와 나란히 앉아 있었다. 떠버리 얼굴은 아무리 보아도 밥맛이었다. 싸우기는 했어도 거센 바람 쪽이 훨씬 나았다. 거센 바람 얼굴은 우리 집 영감 장례식 때 본,

고비나타에 있는 절 요겐지에 걸려 있던 족자 속 얼굴과 비슷했
다. 스님에게 물었는데 '이다텐'이라는 괴물이라고 했다. 화가
나서 그런지 눈을 굴리다가 가끔씩 내 쪽을 노려봤다. 나도 지
지 않으려고 눈에 힘을 주고 거센 바람을 바라보았다. 멋진 눈
은 아니지만 크기는 누구에게도 지지 않는다.

"이제 거의 다 모이셨죠."

교장이 말하자 서기인 가와무라가 사람 머릿수를 세기 시작
했다. 한 사람이 부족했다. 끝물 호박이 빠져 있었다. 나와 끝물
호박은 무슨 인연이 있었는지 처음 본 뒤로는 얼굴을 잊을 수가
없었다. 교무실에 오면 가장 먼저 끝물 호박이 눈에 띄고 길을
걷다가도 떠올랐다. 온천을 가도 끝물 호박이 탕 안에서 고개를
드는 모습이 떠올랐다. 이 학교에서는 끝물 호박만큼 얌전하고
착한 사람이 없었다. 좀처럼 큰 소리로 웃는 법도 없었고 쓸데
없는 소리를 늘어놓는 일도 없었다. 그렇게 관심이 있었으니 회
의를 하러 들어오자마자 끝물 호박이 없다는 걸 금방 알 수 있
었다. 사실 끝물 호박 옆에 앉을까 생각하고 있었던 것이다.

"이제 곧 오시겠죠."

교장은 자기 앞에 있던 보라색 보자기 꾸러미를 풀고 무슨 종
이 다발을 꺼내 읽었다. 빨간 셔츠는 호박 파이프를 비단 손수
건으로 닦았다. 그것이 취미 생활인 모양이었다. 빨간 셔츠가

할 법한 일이었다. 다른 선생들은 옆 사람과 소곤거리고 있었다. 연필 끝에 달린 지우개로 책상 위에 뭔가 쓰는 시늉을 하는 사람도 있었다. 떠버리는 거센 바람에게 자꾸 말을 붙였으나 거센 바람은 그다지 흥미가 없는 듯했다.

조금 있자 끝물 호박이 고개를 숙이고 들어와서 정중하게 너구리에게 인사를 했다.

"잠깐 일이 생겨서 지각했습니다."

너구리는 종이 다발을 모인 사람들에게 돌리게 했다. '처벌 건', '학생 단속 건' 밑에 두세 개 조항이 더 있었다. 너구리는 점잔을 빼며 자기가 교육의 화신이라도 되는 양 말했다.

"학교의 교직원이나 학생에게 문제가 생기면 모두 제 부덕의 소치로, 사건이 하나 일어날 때마다 저는 부끄럽게 생각합니다. 그런데 불행히도 또 이런 소란이 생긴 점 여러분들께 깊이 사죄드립니다. 일단 일어난 일은 돌이킬 수 없으니 어떻게든 처리를 해야 됩니다. 무슨 일인지는 알고 계실 테니 해결 방법에 대해 생각하신 것이 있으면 말씀해 주시지요."

너구리 말대로 '부끄럽고', '부덕의 소치'라면 학생들 벌주는 것은 그만두고 자기가 교장직을 물러나면 그만이었다. 내가 얌전히 숙직을 하는데 학생들이 난폭한 행동을 했다면 나쁜 건 학생이었다. 거센 바람이 꼬드겨서 그런 거라면 학생과 거센 바람을 처벌하면 되었다. 그런 조리에 맞지 않는 소리를 하면서 너구리는 잘난 듯 사람들을 둘러봤다. 말하는 사람은 없었다. 과학 선생은 지붕에 앉은 까마귀만 보고 있었다. 한문 선생은 받은 종이를 접었다 폈다 하고 있었다. 거센 바람은 그때까지도 내 얼굴을 보고 있었다.

나는 지겨워져서 맨 먼저 한마디 해야지 생각하고 의자에서 엉덩이를 반쯤 들었는데 빨간 셔츠가 뭔가 말을 꺼냈다. 파이프는 집어넣고 줄무늬가 있는 비단 손수건으로 얼굴을 닦으며 뭐라고 얘기를 했다. 저 수건은 분명 마돈나에게서 받아 낸 것이지 싶었다. 보통 남자라면 흰 모시 수건을 가지고 다니니까 말이다.

"저도 기숙사 소동을 듣고 교감으로서 소임을 다하지 못한 것에 대해 깊이 반성하고 있습니다. 이런 일은 사건 자체만을 보면 학생들이 전적으로 잘못한 것 같지만, 진상을 자세히 살펴보면 책임은 오히려 학교 측에 있는 것이 아닌가 생각합니다. 따라서 표면상 드러난 것만 가지고 학생들을 엄하게 다루는 것은 앞날을 생각해서 좋지 않다고 생각합니다. 학생들은 한창 혈기왕성한 때이니 넘쳐 나는 혈기를 주체하지 못해서, 옳고 그름을 구분하지 못하고 무의식중에 그런 장난을 친 겁니다. 이번 일에 대한 처리는 교장 선생님께서 결정하시겠지만, 제가 지금 말씀드린 것을 참작하셔서 아무쪼록 관대하게 처리해 주시길 부탁드립니다."

과연 너구리도 너구리였지만 빨간 셔츠도 빨간 셔츠였다. 학생이 난리 치는 것은 교사 잘못이라는 것이었다. 미치광이가 남을 때리면 맞은 사람이 잘못이라는 뜻이었다. 아니 그렇게 혈기가 넘치면 운동장에서 스모라도 할 일이지, 무의식적으로 남 잠자리에 메뚜기를 집어넣는다니 그게 말이나 되나 싶었다. 그런 식으로 해석하자면 자는 사람 목을 베어 간다 해도 무의식적으로 그랬다고 봐줘야 한다는 것인지 기가 막혔다.

무언가 말을 해야지 싶었는데, 한마디 할 때 당당하게 일사천리로 말하지 않으면 시시할 것 같았다. 나는 화가 났을 때는 두세 마디만 하고도 곧 숨이 막혀 버린다. 너구리나 빨간 셔츠는 사람 됨됨이는 안 되었지만 말솜씨는 청산유수라서 시답지 않게 한마디 했다가 말꼬리라도 잡히면 재미없을 것이었다. 좀 더 머리를 짜내서 멋진 말을 해야겠다고 생각했다. 앞에 있던 떠버리가 갑자기 일어나는 바람에 깜짝 놀랐다. 떠버리 주제에 무슨 의견이 있다는 것인지 건방지게 느껴졌다.

"이번 메뚜기 사건은 우리 학교를 사랑하는 교사들이 학교에 대해 불안감을 갖게 한 사건입니다. 우리 교직원들이 앞장서서 사건의 진상을 규명하여 학교의 기강을 확립해야 합니다. 교장 선생님과 교감 선생님께서 말씀하신 의견은 정곡을 찌른 것으로 아주 적절한 지적입니다. 아무쪼록 관대한 처분을 부탁드립니다."

떠버리가 하는 말은 한자어만 나열했지 도대체 의미가 없었다. 나는 떠버리가 무슨 말을 했는지 의미는 파악하지 못했지만 갑자기 열이 확 뻗쳐서 자리에서 벌떡 일어섰다.

"저는 반대합니다."

목소리를 높여 말은 꺼냈는데 그 뒤에 딱히 할 말이 생각나지 않았다.

"어정쩡한 처분은 딱 질색입니다."

조금 생각하다가 덧붙여 말을 하니 앉아 있던 사람들이 모두 웃음을 터뜨렸다.

"무조건 학생들이 잘못한 겁니다. 확실히 사죄를 받아 내지 않으면 언제 또 그럴지 모릅니다. 퇴학시켜도 됩니다. 뭡니까. 버르장머리 없이 새로 온 교사라고 얕잡아 보고."

"학생들이 잘못은 했지만 너무 엄한 벌을 내리면 오히려 반발이 일어날지도 모르니 안 되죠. 저도 교감 선생님 말씀대로 관대하게 처분하자는 데에 찬성합니다."

과학이 약한 소리를 했다. 한문도 부드럽게 해결하자는 데 찬성했다. 역사 선생도 교감과 동감이라고 했다. 분통이 터졌다.

모두가 빨간 셔츠와 한통속이었다. 그런 치들이 모여서 학교를 세웠으니 꼴이 그렇지 싶었다. 나는 학생들에게 사죄를 받아 내든가, 학교를 그만두든가 둘 중 하나를 하기로 마음먹었으니까 빨간 셔츠가 이긴다면 곧바로 짐을 쌀 각오였다. 어차피 그런 치들을 말로 굴복시킬 재간은 없었고, 굴복시킨데도 저치들과 섞여 생활하는 것은 내가 사절이었다. 거기서 또 뭐라고 한마디 하면 다들 웃을 것이 뻔해서 난 한마디도 하지 않을 것이었다. 그러자 그때껏 입 다물고 한마디도 하지 않던 거센 바람이 힘차게 자리에서 일어났다.

'그래, 빨간 셔츠에게 찬성한다고 하시지. 어차피 네놈하고 한판 붙었겠다, 맘대로 해 보셔.'

거센 바람은 유리창이 흔들릴 정도로 우렁찬 목소리로 말했다.

"저는 교감 선생님과 다른 선생님들 의견에 절대 동의할 수 없습니다. 이번 사건은 어느 모로 보나 50여 명이나 되는 기숙생들이 새로 부임해 온 교사 모 씨를 우습게 보고 골탕 먹인 소동입니다. 교감 선생님께서는 원인을 교사에게 있다고 보셨는데, 잘못 보셨다고 생각합니다. 모 씨가 숙직을 선 날은 부임하고 학생을 대한 지 20일밖에 되지 않았을 때입니다. 20일 동안에 학생들은 교사를 완전히 파악하지 못합니다. 이유 없이 새로운 교사를 놀리는, 경솔한 학생들을 용서하면 학교 위신이 서지 않습니다. 교육은 학문을 가르치는 일뿐만 아니라 교양과 패기를 갖추게 하고, 품위 없고 경망한 나쁜 버릇을 뿌리 뽑는 데 그 정신이 있습니다. 학생들의 반발을 두려워하거나 소란이 커지는 것을 우려해서 무마한다면 나쁜 풍습은 계속됩니다. 나쁜 풍습을 완전히 없애기 위해서 우리는 학교에서 일하는 것이므로, 이를 간과한다면 교사의 자격이 없다고 생각합니다. 저는 이런 이유로 기숙생 일동을 엄벌에 처하고 그 일을 당한 교사 앞에 사죄시키는 것이 바른 처분이라고 생각합니다."

거센 바람이 말을 마치고 자리에 앉았다. 모두 아무 말도 하지 않았다. 기분이 좋았다. 내가 말하려던 것을 거센 바람이 전부 말했다. 나는 조금 전에 싸웠던 것은 말끔히 잊어버리고 거센 바람에게 매우 고맙다는 표정을 지었는데 거센 바람은 아무것도 모른다는 표정이었다.

잠시 침묵이 흘렀고 거센 바람이 다시 자리에서 일어섰다.

"한 가지 빠뜨린 것이 있습니다. 그날 저녁 숙직을 하던 모 씨는 근무 시간에 외출을 해서 온천을 하고 온 모양인데, 그것에 대해서는 또 다른 처분이 있어야 합니다. 아무도 없는 학교의 안전을 지켜야 할 의무가 있는데, 지켜보는 사람이 없다고 해서 학교를 빠져나가는 행동을 해서는 안 됩니다. 이 점에 대해서는 교장 선생님께서 직접 주의를 주시기 바랍니다."

참으로 이상한 놈이었다. 내 편이 되어 주나 싶었는데 곧바로 남의 잘못을 까발리고 있었다. 나는 첫날 숙직자가 외출한 것을 알았기 때문에 관행인 줄 알고 온천에 갔다 온 것이었다. 거센 바람의 이야기를 듣고 보니 내가 잘못했다는 생각이 들었다. 공격받아도 할 수 없었다.

"저는 솔직히 숙직 중에 온천에 다녀왔습니다. 이는 제 잘못입니다. 죄송합니다."

또 모두들 웃었다. 내가 무슨 말만 하면 웃었다. 재수 없는 놈들이었다.

'이놈들아, 너희들이 나처럼 자신이 잘못한 일을 곧바로 시인할 수 있어? 할 수 없으니까 괜히 웃는 거지.'

"이제 대충 의견을 다 말씀하신 것 같으니, 잘 생각해서 결론을 내리겠습니다."

결론부터 말하자면 기숙생들은 일주일 외출 금지 처분을 받고 내 앞에 와서 사죄를 했다. 얼떨결에 내 생각대로 되는 바람에 결국 나중에 문제가 더 커졌다.

교장은 두 번째 사항이라며 말을 덧붙였다.

"교사들은 우선 음식점 같은 곳에 드나들지 말기 바랍니다. 혼자서 고급스럽지 않은 장소에 가는 것은 삼가 주십시오. 예를 들자면 메밀국숫집이라든가, 당곳집 같은."

교장의 마지막 말에 모두 또 웃었다. 나는 머리가 나빠서 너구리가 한 말을 모두 이해하지는 못했지만, 이것만은 똑똑히 알아들었다. 메밀국숫집이나 당곳집에 선생이 드나들면 안 된다는 것이었다. 나 같은 메밀국수나 당고 귀신은 어떡하란 말인가 싶었다. 처음부터 메밀국수와 당고를 싫어하는 사람을 뽑았어야 했다. 빨간 셔츠가 또 거들었다.

"원래 학교 선생이란 사회적 지위가 높은 신분이라 물질적인 쾌락을 좇아서는 안 됩니다. 하지만 교사도 인간이니 즐거움이 없으면 살아가기 어려운 법이지요. 그래서 낚시를 하거나 문학책을 읽든가 고상한 정신적 즐거움을 추구하는 것이 좋습니다."

입 다물고 듣고 있자니 피가 거꾸로 치솟았다. 바다에 나가 비료를 낚든, 고리키가 러시아 문학가이든, 단골 기생을 소나무 아래 세워 두든, 오래된 연못에 개구리가 뛰어들든 그런 것이 정신적인 즐거움이라면, 튀김국수나 당고를 먹는 것도 정신적인 즐거움이었다. 그런 쓸데없는 즐거움을 가르치느니 빨간 셔츠는 자기 셔츠나 빠는 것이 좋았을 것이다. 나는 너무 화가 나 참을 수가 없어서 큰 소리로 물었다.

"마돈나를 만나러 다니는 것도 정신적인 즐거움입니까?"

그러자 이번엔 아무도 웃지 않았다. 묘한 표정으로 서로 눈만

껌벅거리며 쳐다보고 있었다. 빨간 셔츠는 괴로운 듯 고개를 푹 숙이고 있었다.

'그것 봐, 한 방 먹었지.'

그런데 정작 불쌍해 보인 것은 끝물 호박이었다. 내가 그렇게 말을 내뱉었더니 푸르뎅뎅한 얼굴이 더욱 새파래졌다.

7

그날 저녁 하숙집 방을 뺐다. 하숙집으로 돌아와 짐을 싸고 있으니까 주인 여자가 왔다.

"저희가 무슨 잘못이라도 했나요? 마음에 안 드는 일이 있으면 말씀해 주세요."

놀랄 일이었다. 미친 게 아닐까 싶었다. 상대해 봤자 도쿄 토박이의 수치라는 생각이 들어 짐꾼을 불러 냉큼 나와 버렸다. 미련 없이 나왔는데 어디로 가야 할지 막막했다.

"어디로 가십니까?"

귀찮아서 야마시로야로 가 볼까 하고 생각했으나, 곧 나와야 할 테니 더 귀찮아질 것 같았다. 이리저리 조용하고 좋아 보이는 동네를 다니다가 가지야초까지 와 버렸다. 번화한 곳으로 갈까 하다가 갑자기 좋은 생각이 떠올랐다. 그 동네에는 내가 좋아하는 끝물 호박이 살고 있었다. 끝물 호박은 대대로 이 근처에 살았다고 하니 이 주변 사정을 잘 알 것이었다. 그 사람한테 물어보면 괜찮은 하숙을 잡을 수 있을 것 같았다.

"실례합니다."

안에서 쉰 정도 되어 보이는 아주머니가 고풍스러운 시소쿠(종이 심지를 기름에 담가서 불을 켜는 등)를 들고나왔다. 젊은 여자도 싫지 않지만 나이 든 여인을 보면 어쩐지 더 친숙하게 느껴졌다. 아마 기요를 좋아하기 때문이었던 것 같다. 이 아주머니는 끝물 호박의 어머니인 것 같았다. 무척 고상해 보였으며 끝물 호박하고 생김새가 비슷했다.

"잠깐만 뵙고 가려고……."

끝물 호박을 현관으로 불러내서 이러저러하니 어디 떠오르는 곳 없냐고 물어보았다.

"아유, 그거 곤란하게 되셨네요."

끝물 호박 선생은 잠시 생각하더니 말을 꺼냈다.

"뒤쪽 마을에 하기노 부부 둘만 사는 집이 있는데, 일전에 할아버지가 빈 방이 하나 있는데 그냥 비워 두자니 아까워서 그런다며, 확실한 사람 있으면 소개하라고 부탁한 적이 있어요."

친절하게도 나를 안내해 주었다. 나는 그날 밤부터 하기노 집의 하숙생이 되었다. 그 뒤 나는 깜짝 놀랄 말을 들었다. 내가 이 카긴 집에서 나온 바로 다음 날 떠버리가 그 방에 들어갔다는 것이었다. 이 세상은 정말 이상한 사람투성이다. 서로 속고 속이면서 그렇게 돌아가는 세상인가 보다. 신물이 난다.

그러고 보니 물리 전문학교 같은 데 들어가서 수학처럼 쓸데없는 걸 배우느니, 차라리 6백 엔으로 우유 장사라도 하는 것이 좋을 뻔했다. 그랬으면 기요하고 헤어질 필요도 없었다. 같이 살 때는 몰랐는데, 멀리 떨어져 있으니 기요는 역시 착한 사람이었다. 감기 든 걸 보고 왔는데, 그때쯤에는 다 나았을지 궁금했다. 지난번에 보낸 편지를 보고 꽤나 좋아했을 것이다. '답장이 올 만도 한데.' 이런 생각으로 2, 3일을 그냥 보냈다. 마음에 걸려서 하숙집 할머니에게 물어보았다.

"도쿄에서 온 편지 없나요?"

그 집 부부는 이카긴과는 달리 본래 양반 가문의 자손인 만큼 무척 점잖았다. 하숙집 할머니는 가끔씩 내 방에 놀러와 이런저런 이야기를 했다.

"왜 색시는 두고 혼자 왔능가?"

"제가 결혼한 것처럼 보여요? 큰일 났네. 아직 스물넷밖에 안 됐는데."

"잉, 스물넷이면 색시가 있고말고."

어디 사는 누구는 스무 살에 색시를 맞았다느니, 누구는 스물 둘에 애를 가졌다느니, 뭐든 대여섯 가지 예를 들며 말하는 데 는 좀 질려 버렸다.

"지도 색시 좀 맞게 소개 좀 해 주실라요이? 정말이든 아니든 색시 맞고 싶어 죽겠지라."

내가 시골 말씨를 흉내 내며 농담 삼아 말했다.

"암만, 젊을 때는 다 그런 거랑께. 그래도 선상은 두고 온 색 시가 있쟈? 내 눈은 못 속이는구만. 만날 기다리고 있지 않남?"

"와, 보는 눈이 매서우시네. 아니, 뭘 보고 내가 기다린다고 그 러는 거예요?"

"뭘 보고는 뭐. 도쿄에서 편지 오는 거 없나 만날 기다리지 않 는감? 한데 요즘 색시들은 옛날하고는 달라서 한눈팔았다간 큰 일 나는디."

"내 색시가 도쿄에서 샛서방이라도 맞았을까 봐요?"

"아니, 그 색시야 그럴라고."

"안심이네. 그런데 왜 한눈팔까 봐 걱정하시는 거예요?"

"도쿄 색시야 틀림없지. 도쿄 색시야 문제없것지만……."

"왜요? 어디 그래서 바람난 색시가 있나 보죠?"

"여기도 꽤 있제. 저 도오야마에 있는 아씨 몰러? 여그서 질로 인물 좋은 색시여. 얼메나 인물이 좋은지 학교 선상들이 마돈나, 마돈나 하고 부르는디."

"아, 마돈나요? 저는 기생 이름인가 했는데."

"인물이 좋은 여자를 딴 나라 말로 고로케 부르더구만. 미술 선상이 붙인 이름인디."

"그 떠버리가 지은 이름이었군요."

"아니, 요시카와 선생이 지었제."

"근데 왜요, 그 마돈나가 바람이라도 피우나요?"

"그렇제, 바람난 마돈나지라."

"저런, 저런! 옛날부터 그런 별명 붙은 여자가 제대로 된 걸 못 봤어요."

"맞구만. 그 마돈나 아씨 말이여, 그게 저그, 선상을 이곳에 소개한 고가 선상, 그분이랑 혼인 약조가 돼 있었구만."

"에? 그건 처음 듣는 얘긴데, 그렇게 예쁜 여자가 끝물 호박 선생을 좋아하는 줄은 몰랐네요. 사람 겉으로 봐선 모르는 거네. 다시 봐야겠는걸요."

"근디 작년에 그 선상 댁 아버님이 돌아가셨지라. 그전에는 돈도 있고 은행 주식도 있어서 아주 떵떵거리고 살았제. 근디 어찌된 영문인지 갑자기 가세가 기울더라고. 고가 선상이 너무 착해 빠져 가지고선 누구한테 사기라도 당한 것 같어. 어쨌든 집이 그렇게 되니 잔칫날이 자꾸 미뤄져서, 교감 선상이 와서는

105

자기 신부로 데려가고 싶다고 말했다지."

"그 빨간 셔츠 말입니까? 몹쓸 놈이네. 그 셔츠는 보통 셔츠가 아니라니깐. 그래서요?"

"사람 시켜서 의향을 떠보니께 도오야마 아씨도 바루 대답은 못 허구 쬐매 생각해 보겠다고 하더만. 그러니께 교감 선상이 손을 써서 도오야마 아씨 집에 드나들면서, 아씨를 구워삶아서 지편으로 맹글어 부렀어. 교감 선상도 선상이지만 사람들은 그 아씨를 더 안 좋게 보지라. 어떻든 일단 고가 선상하고 혼인 허기루 약조해 놓구, 이제 와서 문학사 선상이 오라니 그쪽으로 돌아서서. 그래 갖고서 어디 낯을 들고 다닐 수 있을라나?"

"절대 못 들고 다니지요. 낯이 뭡니까? 낯을 들고서도 못 다니고말고요."

"아, 그래서 고가 선상 신세가 말이 아닌지라, 친구라는 홋타 선상이 교감 선상에게 그 야그를 하러 갔더니만 교감 선상이 '나는 남의 사람이 되기로 약속한 사람을 가로챌 생각은 없다. 파혼이라도 한다면 모를까. 게다가 지금 도오야마 아씨와 교제 좀 한다고 해서 고가 선생에게 미안할 건 없지 않나?' 하고 말해서 홋타 선상도 어쩔 수 없이 그냥 돌아왔다고 그러자녀. 그다음부터 교감 선상하고 홋타 선상하고 사이가 좋지 않다는 소문이 있지 않겠소."

"아유, 여러 가지 잘도 알고 계시네요. 어떻게 그렇게 자세히 알고 계세요?"

"다들 엎어지면 코 닿을 데 살고 있응게 뭐든 다 알지라."

너무들 알아서 탈이었다. 정말이지 성가신 동네였다. 하지만 덕분에 마돈나가 무슨 말인지도 알게 되었고, 거센 바람이랑 빨간 셔츠와의 관계도 알게 됐으니 큰 도움이 됐다. 다만 곤란한 건 어느 쪽이 나쁜 놈인지 확실하지 않다는 점이었다. 나같이 단순한 사람은 어느 것이 희고 어느 것이 검은지 꼭 찍어 주지 않으면 누구를 편들어야 하는지 모르는데 말이다. 그 뒤 2, 3일 지나 학교에서 돌아와 보니 할머니가 웃으며 편지 한 장을 내밀었다.

"아이고 선상, 이제 오시는가?"

기요에게서 온 편지였다. 우표가 두세 장 붙어 있기에 자세히 살펴보니 야마시로야 여관에서 이카긴의 하숙집으로, 다시 그곳으로 돌고 돌아서 온 것이었다. 게다가 야마시로야에서는 1주일 정도 지체됐다. 여관이면 편지보다는 사람이나 묵히면 될 일이었다.

'도련님의 편지를 받고 나서 곧장 답장을 쓰려고 했는데, 감기에 걸려 1주일 정도 누워 있어서 답장이 늦었어요. 죄송합니다. 젊은 여자들처럼 능숙하게 쓰지 못해 조카에게 받아 적으라고 하려다가 도련님께 쓰는 편지인데 제 손으로 쓰지 않으면 죄송스러워서 부끄럽지만 이렇게 적습니다. 대충 할 말을 쓴 다음 다시 정리를 했는데, 정리하는 데 이틀이 걸렸고 처음 쓸 때 나흘이 걸렸으니 읽기 힘드시겠지만 정성을 봐서 끝까지 읽어 주세요.'

인사말로 시작해서 두루마리 종이에 별별 이야기가 다 쓰여 있었다. 읽기가 힘들었다. 글씨도 삐뚤삐뚤한 데다가 어디서 끊어지고 어디서 시작하는지 알 수가 없었다. 성질이 급해서 5엔을 주고 읽으라고 해도 안 읽겠지만, 기요의 편지라 처음부터 꼼꼼하게 읽어 나갔다. 읽기는 읽었는데 무슨 말인지 알 수가 없어서 처음부터 다시 읽었다. 다 읽을 무렵에는 두루마리 종이가 바람에 펄럭였는데, 종이가 마당 쪽으로 날리는 모양이 손을 놓으면 울타리 저쪽까지 날아갈 것 같았다. 기요의 편지를 요약하면 대충 이랬다.

'도련님은 대쪽 같은 성품이신 데다 가끔 욱할 때가 있어서 걱정이 된다. 다른 사람에게 함부로 별명을 붙이면 미움을 살수 있으니 무턱대고 사용하면 안 된다. 정 그렇게 부르고 싶으면 기요에게 편지 쓸 때나 불러라. 시골 사람들은 성질이 괴팍하다고 하니 큰일 당하지 않도록 조심해라. 날씨 변덕이 심하니 옷을 잘 챙겨 입고 감기에 걸리지 않도록 주의해라. 도련님 편지는 너무 짧아서 상황을 잘 파악할 수 없으니 다음에는 이 편지의 절반 정도 써라. 여관에 웃돈으로 5엔을 준 것은 괜찮았는데 나중에 돈이 모자라지는 않았는지, 혼자서 살면 의지할 것은 돈뿐이니까 절약해서 만일의 경우에 대비해야 한다. 용돈이 모자라 곤란할지도 모르니까 10엔을 부친다. 도련님이 도쿄에 돌아와서 집 살 때 보탤까 해서 도련님에게서 받은 50엔을 우체국에 저축했는데, 10엔을 찾았어도 아직 40엔이 남았으니 문제없다.'

과연 여자란 정말이지 꼼꼼하다. 마루턱에 앉아 기요의 편지를 펼쳐 보며 생각에 잠겨 있는데, 곁에 친 발을 젖히며 할머니가 저녁상을 들고 들어왔다.

"아직도 보고 계시당가? 하긴 편지가 길기도 하고만요."

"아니요. 소중한 편지라서 바람에 날리면서 보고, 날리면서 보고 하는 겁니다."

내가 생각해도 이상한 대답이었다. 그날 저녁도 감자조림이었다. 이 집은 이전 집보다 친절하고 방도 마음에 드는데, 반찬이 맛이 없었다. 그 전전날도 감자, 그 전날도 감자, 그날도 감자였다. 끝물 호박 선생을 보고 날마다 호박만 먹어서 그렇다고 생각하며 웃었는데, 나도 머지않아 감자 선생이 될 것 같았다. 기요가 있었으면 내가 좋아하는 참치회나 어묵꼬치구이를 했을 것이다.

기요의 편지를 읽느라고 온천에 가는 시간이 늦어졌다. 그러나 매일 하던 것을 하루라도 빼먹으면 기분이 찜찜했다. '기차라도 타고 다녀와야지.' 하는 생각으로 빨간 수건을 매달고 역에 들어서니 2, 3분 전에 기차가 떠나 버려 기다려야 했다. 의자에 앉아 있는데 저쪽에서 끝물 호박 선생이 걸어왔다. 할머니에게 이야기를 듣고 나서는 끝물 호박이 훨씬 더 측은했다. 할 수 있다면 월급을 두 배쯤 올려서, 내일이라도 당장 마돈나하고 결혼식을 올리게 하여 도쿄에라도 신혼여행을 다녀오게끔 했으면 좋겠다고 생각했다.

"선생님, 온천 가십니까? 이쪽으로 와서 앉으시지요."

나는 자리를 내주며 옆으로 비켜 앉았다.

"아뇨. 신경 쓰지 않으셔도 돼요."

"사람들 금방 몰려듭니다. 서 있는 것도 피곤하니 앉으세요."

나는 다시 한 번 권했다. 제발 옆에 앉았으면 하는 마음이 저절로 들 만큼 딱해 보였다.

세상에는 떠버리처럼 필요 없는데도 얼굴을 내미는 놈이 있는가 하면, 거센 바람처럼 내가 없으면 나라가 안 돌아가지 하는 표정을 짓는 녀석도 있다. 거기에 빨간 셔츠처럼 화장품과 잘난 얼굴 팔아요 하고 다니는 놈에, 교육이 살아서 예복을 입으면 바로 나야 하는 너구리 같은 놈도 있다. 저마다 자기가 잘 났다고 힘주는데, 끝물 선생만은 있는 듯 없는 듯, 그런 사람은 본 적이 없었다. 얼굴은 좀 부었지만 그런 사람을 버리고 빨간 셔츠에게 기울다니, 마돈나도 알 수 없는 여자였다. 빨간 셔츠가 몇 다스 모인데도 이 사람처럼 좋은 남편이 될 수는 없을 것이었다.

"선생님, 어디 몸이 안 좋으세요? 몹시 피곤해 보이시는데요."

"뭐 이렇다 할 병은 없습니다만."

"에, 그러면 됐지요. 병 있으면 그거 사람 못 씁니다."

"선생님께서는 꽤 건강해 보이십니다."

"네, 이렇게 몸은 호리호리해도 앓아누운 적은 한 번도 없지요. 몸 아픈 건 딱 질색이니까."

끝물 호박은 내 말을 듣고 히죽 웃었다. 바로 그때 젊은 여자 목소리가 들려 고개를 돌리니 굉장히 멋진 사람들이 들어왔다. 얼굴색이 희고 멋쟁이 머리 모양을 한 키가 큰 젊은 여자와 마흔 중반쯤 되어 보이는 아주머니가 매표소에 서 있었다. 닮은 것으로 보아 엄마와 딸인 것 같았다. 갑자기 끝물 호박 선생이 그 여자 쪽으로 걸어갔다. 나는 흠칫 놀랐다.

'혹시 저 여자가 마돈나 아니야?'

세 사람은 서로 가볍게 인사를 했다. 좀 멀어서 무슨 말을 하는지는 들리지 않았다. 시계를 보니 5분만 있으면 발차 시간이었다. 누가 허겁지겁 역 내로 뛰어 들어왔다. 빨간 셔츠였다. 웬일인지 그날은 하늘하늘한 기모노에 조글조글 주름이 잡힌 허리띠를 대강 둘렀고, 그 위에 줄 달린 금시계를 늘어뜨리고 있었다. 그 금시계는 진짜 금이 아니라 도금이었다. 빨간 셔츠는 모두들 진짜 금시계로 보는 줄 알고 뻐기지만 나는 확실히 도금이란 것을 알았다.

빨간 셔츠는 주위를 두리번거리다가 매표소에서 이야기하고 있는 세 사람에게 정중하게 인사를 하고 뭐라고 두세 마디 하는 것 같더니만 이내 내가 앉아 있는 쪽으로 걸어왔다.

"아유, 선생도 온천에 가요? 난 기차 놓치는 줄 알고 정신없이 뛰어왔더니만 아직도 3, 4분 남았네. 저 시계 제대로 가는 건지 모르겠어."

빨간 셔츠는 도금 시계를 꺼내서 봤다. 내 옆에 앉더니 옆을 돌아보지 않고 지팡이 위에 턱을 괴고 정면만 봤다. 아주머니는 가끔씩 빨간 셔츠를 돌아보았지만 젊은 여자 쪽은 여전히 고개를 돌리지 않아 옆모습만 보였다. 아무래도 젊은 여자가 마돈나인 것 같았다.

"뿌우!" 하는 소리를 내면서 기차가 들어왔다. 빨간 셔츠가 가장 먼저 일등석에 올라탔다. 일등석에 탄다고 해서 뭐 그렇게 뻐길 것은 없었다. 스미다까지 일등석이 5전이고 이등석이 3전이었으니까 겨우 2전밖에 차이가 나질 않았다. 그래서 나 같은 사람도 일등석 차표를 쥐고 있었다. 빨간 셔츠의 뒤를 따라 마돈나와 아주머니가 일등석에 올랐다. 끝물 호박 선생은 이등석 찻간 입구에 서서 망설이는 듯하다가 내 얼굴을 보더니 주저 없이 올라탔다. 나는 그런 끝물 호박 선생이 한없이 측은한 생각이 들어서 같은 찻간에 올라섰다.

온천에 도착해 3층에서 유카타를 빌려 입고 욕탕으로 내려왔는데 거기서도 끝물 호박이랑 마주쳤다. 나는 회의 석상이든 어디서든 뭔가 마음먹고 말을 할라치면 목구멍이 탁 막혀 말을 못하지만 평소에는 막힘없이 얘기를 잘하는 편이라 탕 안에서 끝물 호박에게 이런저런 말을 걸었다. 뭔가 끝물 호박에게 얘기를 더 듣고 싶어서 견딜 수가 없었다.

그리고 그런 때에 한마디 해서 상대 마음을 위로해 주는 것이 도쿄 토박이의 의무라고 생각했다. 그런데 어째 끝물 호박은 내가 무얼 물어봐도 "네", "아니요."로만 답할 뿐 그 밖의 다른 말은 하지 않았다. 결국 내가 지쳐 나가떨어졌다. 빨간 셔츠는 만나지 않았다. 온천지에는 욕탕이 한두 개가 아니어서 같은 기차를 타고 왔다고 꼭 같은 탕에 들어가는 것은 아니었다.

욕탕에서 나와 보니 달무리가 져 있었다. 산책 삼아 좀 걸어 볼까 해서 북쪽으로 마을을 좀 벗어나니 양쪽으로 연회 식당들이 죽 늘어서 있었다. 잠깐 들어가 볼까 싶었지만 또 회의 때 너구리에게 한 소리 들을지 몰라 마음을 돌렸다. 그 식당들 중 현관에 검은 칸막이를 한 조그만 단층집이 바로 내가 들어갔다가 그때까지도 말을 듣는 그 당고집이었다.

한 그릇 먹고 싶었지만 참았다. 먹고 싶은 당고를 먹지 못하는 것은 처량한 일이었다. 그런데 연인이 다른 사람에게 마음을 빼앗기는 일을 지켜보는 것은 더더욱 처량한 일일 것이다.

끝물 호박 선생을 생각하면 정말이지, 속을 모를 것이 사람이었다. 절대 몰인정한 일을 할 것 같지 않은 아름다운 사람이 몰인정했고, 물에 불은 호박 같은 고가 선생이지만 법 없이도 살 사람인지 알 수 없었다. 남자답다고 생각했던 거센 바람은 학생들을 꼬드겼고, 학생들을 꼬드겨서 그런 일을 했나 했더니 나중엔 학생들을 처벌해야 한다고 이야기를 했다. 미운 털이 잔뜩 박힌 빨간 셔츠는 끝까지 친절하게 굴었고 충고를 해 주나 싶었는데, 다른 사람과 혼인 약조가 되어 있는 마돈나를 가로챘다. 또 가로챘나 싶었는데 이번엔 파혼하지 않으면 결혼은 생각하지 않겠다고 했단다. 이카긴은 말도 안 되는 구실을 붙여서 나를 내쫓더니 금세 떠버리를 방에 들였다.

내가 원래 깊이 고민하지 않는 사람인데, 그곳에 간 지 한 달도 채 못 되어서 세상이 그렇게 만만치 않다고 생각하게 되었다. 빨리 일을 끝내고 도쿄로 돌아가는 것이 최상책이었다.

이런저런 생각을 하다 돌다리를 건너서 언덕배기까지 가 버렸다. 뒤를 돌아 온천지를 내려다보니 빨간 전등이 달빛 아래 동동 떠 있었다. 한가하게 언덕 위를 좀 걸었다 싶었는데 저쪽에서 사람 그림자가 보였다. 늘어선 그림자를 보니 두 명이었다. 온천에 왔다가 마을로 돌아가는 젊은이들인지도 몰랐다. 이제 보니 한 사람은 여자였다. 내 발소리를 듣고 남자가 뒤를 돌아다보았다. 달은 내 등 뒤에서 비추고 있었다. 나는 갑자기 무슨 생각이 들어서 빨리 걸었다. 두 사람은 그대로 천천히 걷고 있었다. 이젠 두 사람이 나누는 대화가 손에 잡힐 듯 들렸다. 둑 너비는 세 사람이 겨우 지날 정도였다. 나는 머뭇거리지 않고 그 남자의 소매를 스치고 지나가 두 발자국쯤 앞에서 그 남자의 얼굴을 돌아보았다.

달빛은 정면에서 얼굴을 훤히 비추었다. 남자는 얼른 고개를 돌리고 여자를 재촉해 온천장 쪽으로 발걸음을 돌렸다. 빨간 셔츠가 낯짝이 두꺼워서 사람을 속일 생각이었는지 배짱이 없어서 알은척을 못 한 건지 모르겠다. 아무튼 동네가 좁아터져서 곤란한 건 나뿐만이 아니었다.

8

빨간 셔츠와 낚시를 다녀온 다음부터 난 거센 바람을 의심하기 시작했다. 엉뚱한 구실을 붙여서 하숙집을 나오라고 했을 때는 괘씸한 놈이라고 생각했다가 회의 시간에 내 예상과는 달리 학생들을 처벌해야 된다고 주장했을 때는 '아이고, 이놈 봐라, 이상한데?' 싶었다. 그리고 하숙집 할머니에게 거센 바람이 끝내 호박 선생을 위해 빨간 셔츠에게 이야기를 하러 갔다는 말을 듣고는 그건 참 장한 일이라고 생각했다.

그런 것을 보면 나쁜 놈은 거센 바람이 아니었다. 빨간 셔츠가 좀 꼬인 인간이라 천연덕스럽게 빙빙 돌려 가며 머릿속을 어지럽게 만들었나 생각하고 있던 참에, 노제리가와 언덕에서 마돈나를 데리고 산책하는 것을 보니 '확실히 빨간 셔츠가 수상한 놈이다'라고 결정하게 됐다.

이상한 놈인지 수상한 놈인지는 모르겠지만 어쨌든 좋은 놈은 아니었다. 분명 겉과 속이 다른 놈이었다. 인간은 대나무처럼 한결같이 올곧지 않으면 믿을 수가 없다. 올곧은 놈과는 한판 붙더라도 기분이 괜찮다. 빨간 셔츠처럼 언제나 상냥하거나 친절하게 군다거나 파이프를 입에 물고 고상을 떤다거나 하는 놈한테는 속을 터놓을 수가 없었다. 그런 놈과는 함부로 한판 붙을 수도 없었다. 싸움을 해 봤자 모래판 위의 스모 같은 화끈한 싸움은 할 수 없다. 1전 5리를 주고받으면서 교무실을 떠들썩하게 했던 거센 바람이 훨씬 인간다웠다. 회의할 때 눈을 부라리며 나를 노려보기에 마음에 안 든다고 생각했지만, 그래도 빨간 셔츠보다는 나았다.

사실 거센 바람하고는 회의가 끝나고 웬만하면 화해를 할까 해서 한두 마디 말을 붙여 보았는데, 대꾸도 안 하고 눈도 마주치지 않았다. 그다음엔 나도 화가 나서 될 대로 되라고 내버려 두었다. 그 뒤로 거센 바람과는 한 마디도 하지 않았다. 책상 위에 놓아두었던 1전 5리는 그때까지 책상 위에 그대로 있었다. 지폐 위에는 먼지까지 앉아 있었다. 거센 바람은 절대 그 돈을 집어서 가져가지 않을 것 같았지만, 그렇다고 내가 손을 댈 수도 없는 노릇이었다. 이 몇 푼이 거센 바람과 나 사이에 벽처럼 놓여 있어 나는 이야기하고 싶은 것이 있어도 말을 못 걸었다. 거센 바람은 눈썹 하나 꿈쩍하지 않고 한마디도 하지 않았다. 그놈의 1전 5리가 장벽이었다. 결국 나는 학교에 와서 그 돈을 보는 것이 괴로워졌다.

거센 바람과 내가 남 모르는 사이처럼 된 것과는 반대로 빨간 셔츠와는 여전히 잘 지내고 있었다. 온천 가는 길에 만난 다음 날 학교에 가자, 맨 먼저 나한테 다가와서 말을 걸었다.

"선생, 이번에 옮긴 하숙은 괜찮은가요?"

밉살스러웠다.

"어젯밤엔 두 번이나 뵈었죠?"

"글쎄요, 역에서…… 그런데 선생은 그 시간에 온천에 가십니까? 너무 늦지 않아요?"

"노제리가와 언덕에서도 뵈었지요, 왜?"

나는 끝까지 물어봤다.

"아니요, 나는 그쪽에는 안 갔는데요. 온천만 하고 금세 돌아왔어요."

잡아뗀다. 눈까지 마주쳐 놓고 그렇게 숨길 것까지 없지 않나 싶었다.

'거짓말쟁이 같으니! 내 참, 저런 놈이 중학교 교감이면 나는 대학 총장이다.'

나는 그 뒤부터 확실히 빨간 셔츠를 믿지 않기로 했다.

그러던 어느 날이었다.

"선생하고 할 얘기가 있으니, 학교 끝나고 우리 집에 좀 들러 주세요."

빨간 셔츠가 말했다. 이상하다고 생각했지만 온천은 하루 쉬기로 하고 4시쯤 그 집으로 향했다. 빨간 셔츠는 결혼은 안 했지만 교감이니만큼 하숙집이 아니라 그럴듯하게 지은 집에서 살

고 있었다. 집세는 9엔 50전이라는데, 시골에서 그 정도라면 큰
맘 먹고 기요를 불러와 기쁘게 해 주고 싶다는 생각이 들 만큼
멋진 집이었다.

"계십니까?"

문 앞에서 불렀더니 남동생이 뛰어나왔다. 나한테 대수와 산
술을 배웠는데 영 성적이 좋지 못한 녀석이었다. 게다가 도시물
을 먹은 놈이라서 시골에서만 살던 녀석들보다 더 고약했다. 빨
간 셔츠를 만나 용건을 물어보니, 파이프를 입에 물고 고약한
담배 냄새를 풍기면서 이런 얘기를 했다.

"선생이 우리 학교에 온 뒤로 전임자가 있을 때보다 아이들
성적이 많이 좋아져서 교장 선생님께서도 좋은 사람이 왔다고
상당히 기뻐하시고……. 어쨌든 학교로서는 믿고 있으니 계속
해서 우리 학교를 위해 노력해 주시면 좋겠어요."

"네? 노력이라니요? 더는 못하겠는데요."

"아하, 노력은 지금 정도로도 충분합니다. 다만 지난번에 말
씀드린 거요, 그것만 잊지 마세요."

"하숙을 주선해 준 사람이 위험하다는 말씀 말인가요?"

"네, 뭐 딱 잘라서 이야기하면 뭐, 좋습니다. 선생도 다 이해
하실 것이고 하니. 선생이 지금처럼 열심히 해 주시면 학교에서
도 지켜보고 있으니 선생에 대한 대우도 좋아질 겁니다."

"봉급을 올려 주시겠다는 말입니까? 뭐 봉급이야 그다지 큰 상관은 없지만 더 받을 수 있다면 더 받는 것이 좋겠지요."

"아이고, 다행입니다. 이번에 전근 가는 사람이 있어서. 교장 선생님께서 먼저 승낙을 하셔야 되겠지만, 그 봉급부터 어떻게 좀 조금은 올려 줄지도 모르겠어서 제가 선생 의향부터 물어보고 교장 선생님께 이야기하려고 이렇게……."

"고맙습니다. 그런데 누가 전근을 가나요?"

"곧 발표할 것이니 이야기해도 뭐 큰 지장은 없겠지요. 사실 고가 선생입니다."

"고가 선생은 이곳 사람 아닙니까?"

"네, 이 고장 사람이기는 한데 뭐 사정이 좀 있어서……. 반은 본인이 희망한 겁니다. 휴가의 노베오카인데, 장소가 장소이니만큼 봉급은 좀 더 받고 가게 됐죠."

"그럼, 다른 사람이 그 자리에 후임으로 옵니까?"

"네, 뭐 대충 누가 올지도 정해졌습니다. 그 새로 오는 사람이 어느 정도 받는지 고려해서 선생의 처우도 다시 조정될 겁니다."

"아, 뭐 괜찮습니다. 너무 무리하게 올리려고 하지 않으셔도 됩니다."

"아무튼 저는 교장 선생님께 그리 말씀드릴 생각입니다. 교장 선생님도 찬성하실 거라 생각하고, 우선 선생이 좀 더 오랫동안 우리 학교에서 근무해야 될 테니 아무쪼록 지금부터 그런 줄 알고 계세요."

"지금보다 가르치는 시간이 늘어납니까?"

"아니요, 시간은 지금보다 줄어들지도 모릅니다."

"수업 시간은 줄어드는데 보수를 더 받는다는 겁니까? 그거 이상하네요."

"아, 뭐 잠깐 들어서는 그렇게 생각할 수도 있지만 자세한 사항은 지금 말하기 곤란하고, 뭐 선생님 책임이 더 막중해질지도 모른다는 의미입니다."

나는 도무지 무슨 말인지 알아들을 수가 없었다. 그때보다 막중한 책임이라면 수학 주임을 말하는 것일 텐데, 주임은 거센 바람이 맡고 있었다. 그놈은 전혀 학교를 그만둘 것 같지 않았다. 게다가 학생들 사이에서도 인기가 있으니 전근이나 면직은 학교 쪽에도 득이 될 리 없었다. 빨간 셔츠의 얘기는 언제나 제대로 알아들을 수 없을 뿐이었다.

완전히 알아들진 못했지만 용건은 그렇게 끝났다. 그러고 나서 끝물 호박 선생의 송별회 계획부터 시작해서 나보고 술은 얼마나 마시냐는 둥 끝물 호박은 군자 같은 사람으로 존경할 만하다는 둥 끊임없이 떠들어 댔다.

"하이쿠 좀 읊으십니까?"

"하이쿠는 전혀 읊지 않습니다. 그럼 이만."

이놈은 정말이지 어쩔 수가 없다고 생각하며 나와 버렸다.

세상에는 정말이지 그 속을 도무지 알 수 없는 사람들이 있다. 집이면 집, 직장이면 직장, 모든 것에 부족함 없는 고향을 두고 아는 사람 하나 없는 다른 지방으로 고생을 자처해서 간다니 말이다. 화려하고 전차라도 다니는 고장이라면 모르지만 휴가의 노베오카라니, 나는 뱃길이 좋은 이 동네에 와서도 한 달도 채 안 돼 돌아가고 싶었다. 그런데 첩첩산중인 노베오카라면 말할 것도 없다. 빨간 셔츠 말로는 배를 타고 가서 마차를 타고 하루 종일 가면 미야자키라는 곳이 나온다고 했다. 거기서도 또 하루 차를 타고 가야 노베오카에 닿는다는 것이었다. 이름만 들어도 촌구석이 분명했다. 아무리 군자인 끝물 호박이라도 도대체 무슨 일인지 알 수가 없었다.

그날도 변함없이 할머니가 저녁상을 들고 들어왔다.

"오늘도 감자예요?"

"아녀, 오늘은 두부여."

감자나 두부나 거기서서 거기였다.

"할머니, 고가 선생이 휴가에 간대지요."

"참말로, 그거 참 안됐제."

"본인이 원해서 가는 건데 별수 없지요 뭐."

"본인이 원한다니, 누가 본인인가?"

"누군 누구예요, 당사자인 고가 선생이지요. 고가 선생이 가고 싶다고 한 것 아닙니까."

"아이고, 그건 당최 얼토당토않은 소리여."

"얼토당토않다니요. 교감 선생님이 그렇게 말했는데요. 그게 얼토당토않은 소리면 교감 선생님이 나한테 새빨간 거짓말을 한 거란 말이에요?"

"아녀, 내 말은 교감 선상이 그리 말했다믄 그것두 일리는 있겠지. 허나 고가 선상이 가고 잡지 않은 것도 사실이지여."

"그것도 맞는 말이네요. 할머니가 양쪽 이야기를 다 아는 것 같으니 말씀 좀 해 주세요."

"오늘 아침에 고가 선상 댁 어머니를 길거리서 만나서 조목조목 야그를 들었제. 그 댁 아버님이 돌아가신 뒤로 우리가 생각하는 것보다 사정이 훨씬 안 좋아졌는가벼. 그려서 어머니가 교장 선상을 찾아가 부탁허기를 고가 선상이 벌써 그 학교에서 일한 지도 4년이 넘었으니 인제는 봉급을 좀 올려 주면 안 되는 가 하고."

"아, 그랬군요."

"교장 선상이 생각해 보겠다구 말해서 어머니는 일단 안심하구 이제나저제나 봉급 오를 때만 목 빠지게 기다리고 있는디, 어느 날 교장 선상이 고가 선상을 불러서 가 보니 안됐지만 학교 측에선 돈이 모자라서 봉급을 올려 줄 수가 없다, 허지만 노베오카에 있는 학교에 자리가 있는디 그곳에 가면 매달 5엔 정도는 더 받으니 가라고 그랬댜."

"아니, 그러면 그건 쌍방이 이야기한 것이 아니라 가라고 명령한 거 아닙니까?"

"그렇다니께. 그랴 갖고서리 고가 선상이 봉급은 이대루 좋으니 여그 있겠다고 했는디, 벌써 그럭허기루 학교끼리 야그가 돼서 어쩔 수 없다고 교장 선상이 그랬제."

"아니, 사람을 그렇게 만들다니 말도 안 돼. 그럼 고가 선생은 갈 마음이 없는 거네요. 내가 어쩐지 이상하다 그랬어. 5엔 더 받고 그런 산중에 갈 멍청이가 있겠습니까?"

"멍청이라니 선상 말이여?"

"아니, 그게 중요한 것이 아니고……. 아무튼 이건 순전히 그 빨간 셔츠의 술책이야. 이런 고약한 처사가 어디 있어? 속임수를 썼군. 아니 그러면서 내 봉급을 올려 준다니 그런 못된 일이 다 있나. 봉급을 올려 주긴 누굴 올려 준다는 말이야? 거절할 겁니다."

"워째서 거절혀?"

"어째서 거절하다니. 할머니, 빨간 셔츠, 아니 교감 선생은 치사한 놈이에요. 비겁하고요."

"비겁하지만 선상, 봉급을 올려 준다구 허문 주는 대로 받아 두시구라. 안즉 선상이 젊어서 그란데 나이 먹어서 생각허문 잠깐 참는 건디 욱하는 마음에 괜히 안 받겠다고 하면 후회혀. 할멈 허는 말 잘 듣고 교감 선상이 봉급 올려 주겠다구 허문 감사합니다 하고 받으소."

"노인네는 그런 참견할 필요 없어요. 내 봉급이 올라가든 내려가든 그건 내 봉급이니까 여러 소리 마세요."

할머니는 입을 다물고 그대로 나가 버렸다.

봉급을 올려 주겠다고 해서 뭐 돈이 남나 보지, 남는 돈 묵혀 두는 것도 아까운 일이라고 생각해서 좋다고 했다. 그런데 사람을 억지로 전근 보내고 그 사람의 봉급 일부를 잘라 주겠다니 그렇게 매정한 일이 또 있나 싶었다. 월급은 그대로 줘도 좋다는데 노베오카 산골까지 쫓아내 어쩌려는 건지, 당장 빨간 셔츠에게 안 받겠다고 말하지 않으면 기분이 찜찜할 것 같았다.

두꺼운 옷을 주워 입고 집을 나섰다. 커다란 대문 앞에서 사람을 부르자 이번에도 그 남동생이 뛰어나왔다. 내 얼굴을 보더니 왜 또 왔나 하는 눈치였다. 두 번을 오든 세 번을 오든 필요해서 왔을 테니 한밤중이라도 두들겨 깨울 일이지, 빨간 셔츠한테

문안 인사를 하러 온 것은 아니지 않겠냐 말이다.

"지금 손님이랑 같이 계세요."

"현관에서 잠깐 뵙고 이야기하면 되니 좀 불러 주렴."

다시 집으로 뛰어 들어간다. 집 안을 둘러보았더니 현관 앞에 색이 현란하고 뒤축이 높은 게다가 있었다. 안에서 소리가 들렸다.

"아이고, 이제 다 됐습니다."

'손님이란 건 떠버리 놈이었군.'

떠버리 놈이 아니면 저런 재수 없는 목소리에 저런 무희들이나 신는 신발 따위를 신을 사람이 없었다. 잠시 기다리니 빨간 셔츠가 램프를 들고 현관으로 나왔다.

"아이고 선생님, 좀 들어오세요. 다른 사람이 아니라 요시카와 선생이 와 있습니다."

"아니요, 여기서도 충분합니다. 잠깐 말만 하고 가면 되니까요."

빨간 셔츠의 얼굴이 불그스레한 것이 떠버리 놈과 한잔 걸치고 있는 중인 것 같았다.

"좀 전에 제 봉급을 올려 주겠다고 하셨는데, 생각이 바뀌어서 그걸 거절하러 온 겁니다."

빨간 셔츠는 램프를 내밀고 멍한 표정을 지었다. 올려 준다는 봉급을 안 받겠다는 놈을 처음 봐서 그런지, 아니면 거절할 때 하더라도 밤에 달려와서 왜 이러나 싶어서인지 아니면 둘 다인지 빨간 셔츠는 벌건 얼굴에 입을 삐죽거리며 아무 말 없이 서 있었다.

"제가 알겠다고 한 것은, 고가 선생 본인이 원해서 전근 가는 것이라고 했기 때문에……."

"고가 선생이 본인이 원해서 전근 가는 것 맞습니다."

"그렇지 않습니다. 봉급 안 올려 줘도 되니까 동향에 있고 싶답니다."

"고가 선생이 그럽디까?"

"우리 하숙집 할머니가 그랬습니다. 할머니가 고가 선생의 어머니한테 들은 이야기를 저한테 전해 주신 겁니다."

"그렇다면 이야기가 조금 달라지지요. 지금 선생 말씀대로라면 하숙집 할머니 말은 믿고 교감인 내가 한 말은 못 믿겠다, 그렇게 들리는데, 그런 뜻으로 해석해도 되겠습니까?"

이 대목에서는 약간 곤란했다. 문학사니 뭐니 하는 것들은 역시 말발 하나는 끝내줬다. 이상한 것을 붙잡고 늘어지면서 말꼬리를 돌렸다. 나는 옛날에도 우리 집 영감한테 "너는 경솔해서 탈이다."라는 잔소리를 자주 들었는데 확실히 그렇긴 그런가 보았다. 할머니의 말을 듣고 '아니, 이럴 수가 있나!' 싶어서 자세하게 물어보지는 않았던 것이었다. 그래서 그렇게 문학사가 말꼬리를 잡고 늘어지면 되받아치기가 어려웠다.

그때 당장 대꾸할 말은 생각나지 않았지만 어차피 빨간 셔츠를 믿을 수 없다고 진심으로 생각하고 있었다. 하숙집 할머니도 구두쇠라 돈 욕심은 많지만 거짓말은 안 했다. 또 빨간 셔츠처럼 겉과 속이 다르지도 않았다. 별다른 말이 생각나지 않아서 이렇게 대답했다.

"선생님이 말씀하신 것도 맞는 말인지 모르겠습니다만, 어쨌든 봉급은 올리지 않겠습니다."

"그건 더 이상하잖아요. 봉급을 더 받지 못할 이유를 발견해서 일부러 온 줄 알았는데 제 설명을 들었잖아요? 그런데도 싫다는 건 이해할 수 없네요. 뭐, 정 그렇게 싫으시다면 억지로 권하진 않겠지만, 불과 두세 시간 만에 특별한 이유도 없이 갑자기 마음을 바꾸면 앞으로 어떻게 선생을 신용하겠습니까?"

"신용할 수 없어도 상관없습니다."

"그렇지 않아요. 인간에게 신용이 얼마나 중요한데요. 한발 양보해서 하숙집 주인이⋯⋯."

"주인이 아니라 할머닙니다."

"아, 그건 중요한 게 아닙니다. 하숙집 할머니가 선생에게 한 이야기가 사실이라도 해도 고가 선생의 봉급을 빼앗아서 선생의 봉급을 올려 주겠다는 것이 아닙니다. 고가 선생 후임으로 오는 사람이 고가 선생보다 낮은 봉급을 받게 됩니다. 그래서 그 나머지 부분으로 선생 봉급을 올려 주려고 한 거니까 선생이 누구한테 미안해 할 필요는 없습니다. 고가 선생은 노베오카에서 지금보다 월급을 올려 받을 거고, 새로 오는 선생이 적게 받는 덕분에 선생 월급이 오르는 거니까 좋은 게 아닌가요? 집에 가서 다시 한 번 잘 생각해 보세요."

나는 그다지 머리가 좋지 않기 때문에 언제나 그렇게 상대방이 조목조목 따지고 들면 그 자리에서 '아, 그런가. 그럼 내가 잘못했네.' 하고 물러서게 되는데 그날 밤만은 그럴 수가 없었다. 그곳에 간 첫날부터 빨간 셔츠는 왠지 꺼림칙했다. 중간중간 친절하게 대해 주기에 친절한 남자라고 생각한 적도 있었지만, 사실은 친절도 뭐도 아니라는 걸 알았기 때문에 오히려 싫었다. 그래서 이놈이 아무리 논리적으로 이야기를 한다 해도, 교감이랍시고 나를 아무 말도 못 하게 만든다 해도 더 이상은 통하지 않았다.

토론을 잘한다고 모두 좋은 사람은 아니다. 그 자리에서 아무 말 못 한다고 해서 다 나쁜 사람이란 법도 없다. 겉으로 보면 빨간 셔츠가 훌륭한 사람 같았지만, 겉모양이 아무리 잘났다고 해도 사람의 마음까지 움직일 수는 없는 것이었다. 돈이나 권력이나 언변으로 사람의 마음을 살 수 있다면 고리대금업자든지 순사든지 대학 교수가 사람들에게 인기를 끌어야 했다. 그런데 겨우 중학교 교감 정도의 언변으로 내 마음을 돌려놓으려고 하다니 기도 안 찼다. 인간이란 자기가 좋고 싫은 대로 움직이는 것이지 남의 말 따위를 듣고 행동하지 않는다.

"선생님 말씀도 일리는 있지만, 하여튼 저는 봉급 오르는 것 싫으니까 거절합니다. 집에 가서 생각해 봤자 마찬가지입니다. 그럼, 이만."

이 말을 하고 나와 버렸다. 머리 위에 은하수가 훌쩍 걸려 있었다.

9

끝물 호박 선생의 송별회가 있는 날 아침, 학교에 갔더니 그 전까지 나와 눈도 마주치지 않았던 거센 바람이 말을 걸어왔다.

"일전에 하숙집 주인이 나한테 와서 자네가 영 난폭해서 안 되겠다고 말 좀 해 달라고 부탁하기에 내 곧이듣고 자네한테 방을 빼라고 했네만, 나중에 들어 보니 그자가 아주 몹쓸 사람이더군. 가짜 서화나 골동품을 만들어 파는 사람이라지 뭔가. 분명히 자네 얘기도 지어내서 사람을 속인 거야. 내가 잘 몰라서 자네한테 아주 몹쓸 짓을 했네. 미안허이."

장황하게 사죄를 하는 것이었다. 나는 아무 말도 하지 않고 거센 바람의 책상 위에 있던 1전 5리를 집어서 내 호주머니에 넣었다. 그랬더니 거센 바람이 물었다.

"자네, 그것 도로 가져가는 거야?"

"네. 선생님한테 거저 얻어먹기 싫어서 갚았던 건데, 곰곰이 생각해 보니 얻어먹는 게 좋을 것 같아서 도로 가져갑니다."

거센 바람은 큰 소리로 웃으면서 다시 물었다.

"그럼, 왜 진작 가져가지 않았나?"

"사실 가져가야지, 가져가야지 생각했는데, 그러자니 왠지 기분도 이상하고 해서 그대로 있었습니다. 요즘은 학교에 와서 이 돈을 보면 기분이 영 안 좋았다니까요."

"자네, 그거 아나? 자네 정말 아집 센 놈인 거."

"선생님은 그거 아세요? 정말 고집불통인 거."

나도 지지 않고 말했다. 그다음 우리 둘 사이에는 이런 대화가 이어졌다.

"자네 도대체 어디 출신인가?"

"도쿄 토박이입니다."

"오라, 도쿄 토박이, 그래서 그렇게 아집이 세졌군. 나는 아이즈 출신이라네."

"아, 아이즈에서 오셨구나. 고집이 괜히 센 게 아니었네. 오늘 송별회에 가세요?"

"당연하지. 자넨?"

"저도 물론 가지요. 고가 선생이 떠나는 날엔 항구까지 배웅 나갈 생각입니다."

"송별회, 그거 재밌을 거야. 꼭 나오라고. 실컷 마셔야지. 자네는 금세 싸움을 벌일 놈이야. 도쿄 토박이 아니랄까 봐 그렇게 경망스럽게 굴기는."

"뭐래도 상관없어요. 그런데 송별회에 가기 전에 저희 집에 좀 들러 주세요. 할 얘기가 있으니까."

거센 바람은 약속대로 내 하숙방에 들렀다. 이전부터 끝물 호박의 얼굴을 볼 때마다 가슴이 아팠는데, 송별회 날이 닥치고 보니 너무 처량하고 불쌍해서 웬만하면 내가 대신 전근을 가 주고 싶을 정도였다. 송별회 자리에서 용기를 북돋워 주고 싶었는데, 또 두세 마디 하고 더듬거리면 꼴이 말이 아닐 터였다. 그래서 기차 화통 같은 거센 바람의 목소리를 좀 빌려 이번 참에 빨간 셔츠의 간담을 서늘하게 해 주어야겠다는 생각에 거센 바람을 부른 것이었다.

나는 거센 바람을 보자마자 마돈나 사건부터 이야기를 꺼냈

다. 물론 거센 바람은 나보다 더 자세히 알고 있었다. 나는 노제 리가와 언덕에서 본 것을 이야기했다.

"그놈은 바본가 봐요."

"자네는 누구든 바보라고 하는군, 안 그런가? 오늘도 나를 보고 바보라고 했잖아. 내가 바보면 교감은 바보가 아니지. 나는 교감하고는 다르니까."

"그럼, 교감은 얼빠진 놈이에요."

"그럴지도 모르지."

맞장구를 쳤다. 거센 바람은 힘은 셌지만 그렇게 말 만드는 것은 영 나를 따라오지 못했다. 촌놈은 모두 그런 모양이었다. 그런 다음 내 봉급을 올려 주겠다며 앞으로 책임이 막중해질 것이라고 한 빨간 셔츠의 얘기를 모두 들려주었더니, 거센 바람이 콧방귀를 뀌었다.

"그럼, 나를 내쫓겠다는 생각이로군."

"내쫓다니! 그럼, 그런다고 그만둘 거예요?"

나는 눈을 동그랗게 뜨고 물었다.

"누가 그만둔데? 내가 잘리면 빨간 셔츠도 온전치는 못할걸."

"어떻게 하려고요?"

"거기까진 아직 생각 안 해 봤어."

그랬다. 거센 바람이 뚝심 있는 사람이기는 했지만 지혜는 약간 모자랐다. 내가 봉급 올려 주겠다는 것을 거절했다고 하자 무척이나 좋아하면서 나를 칭찬했다.

"과연 도쿄 토박이야. 잘했어."

"끝물 호박, 아니 고가 선생이 그렇게 여기 남기를 원하는데, 왜 유임 운동을 하지 않았어요?"

"끝물 호박한테 얘기를 들었을 때는 모든 것이 정해진 상태라서 교장한테 두 번, 빨간 셔츠한테 한 번 찾아가 얘기를 해 보았는데 안 됐어. 고가 선생이 너무 사람이 좋아 탈이지. 빨간 셔츠가 이야기를 할 때 그 자리에서 거절하든지 생각해 보겠다고 하고 시간을 벌었어야 했는데, 그 말에 속아서 그 자리에서 알았다고 했으니……. 그러니 나중에 어머니가 울며 매달려도, 내가 찾아가서 부탁해도 그땐 뭐 별수 없는 노릇이었지."

거센 바람은 속상해 했다.

"빨간 셔츠 아니 교감이 끝물 호박 선생을 멀리 쫓아내 버리고 마돈나를 혼자 차지하려는 술책이에요."

"맞아, 그럴 거야. 얌전한 색시 얼굴을 하고 있지만 계략을 꾸미다가 누가 뭐라 하면 때맞춰 빠져나갈 구멍을 파 놓고 있는 교활한 놈이야. 그런 놈한테는 주먹맛을 보여 주는 수밖에 없어."

거센 바람은 울퉁불퉁한 팔뚝을 들어 보였다. 나는 그것을 보고 놀라서 물었다.

"와, 선생님 무지 힘세 보여요. 유도라도 하세요?"

손가락 끝으로 찔러 보았는데 꿈쩍도 하지 않는 것이 꼭 온천탕에 있는 돌기둥 같았다.

"이런 팔뚝이면 빨간 셔츠 같은 놈 대여섯 명쯤 한 방에 날리는 것은 문제도 아니겠네요."

"당연하지."

팔을 구부렸다 폈다 하니 근육이 불끈불끈했다. 보고 있자니 기분이 좋았다. 거센 바람의 말에 따르면 꼰 줄 두 가닥을 팔뚝에 묶고 힘을 주면 툭 끊어진다고 했다.

"그럼, 오늘 밤 송별회에 가서 있는 대로 퍼마시고, 빨간 셔츠하고 그 떠버리 놈 힘껏 패 주지 않을래요?"

나는 내친 김에 농담 반 진담 반으로 떠보았다.

"그럴까?"

거센 바람은 잠시 생각에 잠겼다.

"오늘은 관두지. 오늘 밤은 고가 선생 보내는 자리잖아. 게다가 마음먹고 패려면 그놈들이 나쁜 짓 하는 걸 목격한 자리에서 패야지. 그렇지 않으면 오히려 우리가 뒤집어쓰게 돼."

거센 바람이 분별력 있는 말을 했다. 거센 바람도 나보다는 생각이 있는 모양이었다.

"회식장에서 큰 소리로 끝물 호박 선생을 칭찬해 줘요. 그런 데서는 잘 나가다가도 속에서 울컥 치밀어, 목에 뭐가 걸린 것 같이 그다음 말이 안 나와서 선생님한테 부탁하는 거예요."

"참 이상한 병이네 그려. 사람들 모인 데선 말이 안 나오니 참 곤란하겠어."

"뭐 그렇게 곤란할 것까진 없어요."

이야기를 하는 동안 시간이 되어서 거센 바람과 함께 송별회장으로 갔다. 장소는 이 근방에서 으뜸가는 요릿집이었는데, 나는 한 번도 가 본 적이 없었다. 원래 대단한 양반의 저택을 사들여서 요릿집을 열었다는데 겉모양부터 으리으리했다. 그런 대저택이 요릿집이 되다니, 진바오리(갑옷 위에 입었던 소매 없는 웃옷)를 고쳐 도우기(방한용 속옷)를 만든 것과 같았다. 요릿집에는 벌써 사람들이 모여서 다다미 50장짜리 큰 방에 두셋씩 무리 지어 앉아 있었다. 워낙 넓으니 도코노마도 굉장했다. 내가 야마시로야에서 묵었던 다다미 열다섯 장짜리 방의 도코노마와는 비교가 안 됐다. 재 보니 2간이나 되었다. 오른쪽에 빨간 무늬가 있는 세토모노(세토 지방에서 나는 도자기) 항아리에는 커다란 소나무 가지가 꽂혀 있었다. 소나무 가지를 뭐 하는 데 쓰는지 몰라도, 몇 달이 지나도 시들 염려가 없으니 돈은 안 들어서 좋을 것 같았다.

"저 세토모노는 어디서 나는 겁니까?"

과학 선생에게 물었다.

"저건 세토모노가 아닙니다. 이마리지요."

"이마리는 세토모노가 아닌가요?"

"헤헤헤. 세토에서 나는 도자기를 세토모노라고 하는 겁니다."

나는 도쿄 토박이라, 세토모노라는 말이 도자기라는 뜻이라고 생각하고 있었다. 도코노마 가운데에는 큰 족자가 걸려 있었는데, 내 얼굴만큼이나 커다랗게 스물여덟 글자가 쓰여 있었다.

"저 못난 글씨를 누구한테 보여 주려고 걸어 둔 걸까요?"

"저건 가이오쿠라는 유명한 서도가의 글씨랍니다."

가이오쿠건 뭐건 난 아직도 그 글씨를 참 못났다고 생각한다. 가이오쿠의 족자 앞에 하오리와 하카마(겉에 입는 주름진 하의. 하오리와 함께 입으면 정장임)를 갖춰 입은 너구리가 자리를 잡자, 왼쪽에는 역시 하오리와 하카마를 갖춰 입은 빨간 셔츠가 앉았다. 오른쪽에는 오늘의 주인공이라고 끝물 호박도 옷을 갖춰 입고 앉았다. 나는 양복을 입고 있어서 꿇어앉으려니 불편했다. 곧 책상다리로 고쳐 앉고 보니 옆에 앉은 체육 선생은 검은 양복바지를 입었는데도 단정하게 꿇어앉아 있었다. 대단히 훈련을 한 모양이었다. 저녁상이 들어오고 술병이 늘어섰다. 가와

무라가 먼저 개회사를 하자, 그다음으로 너구리가 일어섰고 빨간 셔츠가 일어섰다.

　모두 한마디씩 송별사를 읊었는데 하나같이 짠 것처럼 끝물 호박 선생이 좋은 선생이며, 인간성 좋다는 이야기를 떠벌렸다. '이번에 이렇게 선생을 보내는 것을 참으로 애석하게 생각한다. 학교뿐만 아니라 개인적으로도 무척이나 안타깝지만 본인이 일신상의 이유로 전근을 희망하니 유감이지만 더 붙잡을 수 없다'는 내용으로 끝냈다. 그런 거짓말을 해도 조금도 부끄럽게 여기지 않았다. 특히나 빨간 셔츠는 유별나게 끝물 호박 선생을 칭찬했다.

　"좋은 친구를 잃게 되니 저로서는 정말이지 큰 불행입니다."

　더군다나 그 말투가 얼마나 그럴싸한지 평소보다 더 상냥하게 말하는지라 처음 듣는 사람은 그 말이 정말이라고 믿을 것 같았다. 저런 수작으로 마돈나도 구워삶았을 터였다.

　빨간 셔츠가 송별사를 읊어 대고 있는데 건너편에 앉아 있던 거센 바람이 나에게 눈짓을 보냈다. 나는 그 답례로 검지로 아래 눈두덩을 까 보이며 빨간 셔츠를 경멸한다는 표시를 했다. 빨간 셔츠가 자리에 앉기도 전에 거센 바람이 벌떡 일어나서 나는 엉겁결에 박수를 쳤다. 그러자 너구리를 비롯한 모든 사람들이 나를 쳐다보았다. 약간 머쓱했다.

"교장 선생님을 비롯해 교감 선생님까지 고가 선생의 전근을 유감으로 생각하시는데 저는 생각이 다릅니다. 나는 하루라도 빨리 고가 선생이 이곳을 떠나기를 희망합니다. 노베오카는 산골이라 물질적으로는 불편할지 몰라도 내가 듣기로는 인심이 후하고 살기 좋은 동네라 들었습니다. 선생과 학생이 서로 꾸밈 없이 솔직하게 지낸다고 합니다. 마음에도 없는 말을 떠벌리거나 어진 얼굴을 하고 군자를 곤경에 빠뜨리는, 겉멋 들어 돌아다니는 사람은 한 명도 없다고 합니다. 그러니 고가 선생처럼 품행이 바른 분은 틀림없이 그곳 사람들에게 환영받으실 겁니다. 우리는 고가 선생이 그런 좋은 곳으로 전근 가게 된 것을 크게 축하해야 합니다. 마지막으로 고가 선생에게 한 말씀드리자면 훌륭한 남성에게 걸맞은 참하고 아름다운 여성분을 만나 하루빨리 화목한 가정을 일구시라는 겁니다. 그래서 지조 없는 말괄량이가 자신이 한 일이 부끄러워 얼굴을 못 들도록 해 주시기를 바랍니다. 에헴, 에헴."

거센 바람은 헛기침을 두 번 하고 자리에 앉았다. 이번에도 박수를 칠까 생각했지만 모두 내 얼굴을 쳐다보는 것이 싫어서 참았다. 거센 바람이 자리에 앉자 끝물 호박이 일어났다. 선생은 조용하게 자기 자리에서 말석까지 내려가 사람들을 향해 고개 숙여 인사를 하였다.

"개인적인 이유로 전근을 가게 되었습니다. 모든 선생님들께서 아쉬워해 주시고 저를 위해 이런 성대한 송별회를 열어 주셔서 가슴 깊이 감사드립니다. 특히 교장 선생님을 비롯한 여러 선생님들께서 해 주신 말씀은 평생 잊지 못할 것입니다. 저는 이제 먼 곳으로 떠나지만 아무쪼록 여러 선생님들께서는 지금과 마찬가지로 화목하게 지내시길 기원합니다."

그러고 나서 끝물 호박 선생은 자리에 가 앉았다. 끝물 호박 선생은 끝까지 속내를 보이지 않았다. 자신을 그렇게 골탕 먹인 교장과 교감에게 끝까지 예의를 갖춰 인사를 했다. 말뿐인 인사면 그럴 수 있겠지만 말하는 자세, 말투나 표정을 봐서는 마음 깊이 우러나서 하는 말이 분명했다. 그런 성인군자에게 진실한 인사말을 들었으면 미안해서 얼굴을 붉혀야 마땅한데 너구리랑 빨간 셔츠는 뻔뻔스럽게 그 인사말을 듣고 있었다.

인사말이 끝나자 이쪽에서 츠읍, 저쪽에서 츠읍 소리가 나기에 나도 흉내나 한번 내 볼까 해서 국을 마셔 보았는데 맛이 없었다. 지진 생선 요리나 생선묵도 있었지만 거무스름한 게 비위에 거슬렸다. 회도 두꺼워서 다랑어를 그대로 먹는 거나 마찬가지였다. 그런데도 사람들은 맛있다고 우적우적 먹어 댔다. 도쿄 요리를 못 먹어 본 모양이었다. 그러는 동안 술잔이 돌고 돌아 분위기는 한층 흥겨워졌다. 떠버리 놈은 공손하게 교장 앞에서 술을 받아 마시고 있었다. 재수 없는 놈이었다. 끝물 호박 선생은 한 사람씩 앞으로 가 술잔을 받고 그 답례로 잔에 술을 부었다.

"저한테 한잔 주시지요."

끝물 호박 선생이 내 앞에 와서 청하기에 나는 양복바지 바람으로 꿇어앉아 한 잔 따랐다.

"이렇게 빨리 헤어지게 돼서 유감입니다. 떠나시는 날은 꼭 항구까지 배웅 나가겠습니다."

"아닙니다. 바쁘신데 그러지 마세요."

끝물 호박이 뭐라고 해도 나는 학교를 쉬고라도 나갈 참이었다. 한 시간 정도 지나자 이젠 모두 거나하게 취해서 시끌벅적해졌다.

"자, 한 잔 받지, 아니 내 잔부터……."

혀 꼬부라진 소리로 떠들어 대는 사람이 생기기 시작했다. 싫증이 나서 볼일 보러 나간 김에 옛날 정원처럼 꾸며 놓은 마당을 거닐면서 별 구경을 하고 있는데 거센 바람이 다가와 의기양양하게 말을 걸었다.

"어때, 아까 연설 잘했지?"

"대찬성이었지만 딱 한 군데가 걸리던데요. 노베오카에 '어진 얼굴을 하고 군자를 곤경에 빠뜨리는, 겉멋 들어 돌아다니는 사람은 한 명도 없다'라고 했지요?"

"응, 그랬지."

"겉멋 들어 돌아다니는 놈이라고만 하면 한참 모자라지요. 겉멋 들린 놈에, 사기꾼, 야바위꾼, 양의 탈을 쓴 놈, 싸구려 장사치, 앞잡이, 개보다 잘 짖어 대는 놈까지라고 했어야지요."

"나는 그렇게까지는 말주변이 없어서. 자네 이제 보니 아주 달변이네. 그렇게 말들을 많이 아는데 연설을 못한다니 이상해."

"이건 여차해서 한판 뜨면 하려고 미리 생각해 둔 말이에요. 연설을 할라치면 안 나와요."

"그래도 거침없이 나오잖아. 다시 한마디 해 봐."

"열 마디라도 하지요. 겉멋 들린 놈에, 사기꾼에……."

내가 큰 소리로 떠벌리려는데 툇마루가 시끌벅적해지면서 두 사람이 비틀거리며 나왔다.

"아이고 이 사람들아, 그러면 못 쓰지. 도망가려고? 내가 여기 있는 한은 그냥 가게 내버려 두지 않는다고. 꺼억, 자 마셔, 마시라고. 사기꾼? 꺼억, 사기꾼 재밌어, 꺼억, 마셔, 마셔."

나와 거센 바람을 방으로 잡아끌었다. 이 사람들도 볼일 보려고 나왔다가 너무 취해서 오줌 누는 것도 까먹고 우릴 잡고 실랑이하는 것 같았다. 술 취한 놈들은 눈에 보이는 대로 일을 만들고 원래 하려던 일은 까맣게 잊는 모양이었다.

"꺼억, 야 이것 봐. 내가 이 사기꾼들을 잡아 왔다. 꺼억, 부어 줘라. 사기꾼이 암말도 못하도록 한번 먹여 봐. 꺼억, 너 오늘 도 망 못 간다, 이놈."

도망갈 생각도 안 하고 있는 날 벽에 밀어붙였다. 상에는 먹 을 만한 생선 요리가 남아 있지 않았다. 자기 것 싹싹 긁어 먹고 옆 상까지 기웃거리는 놈만 있었다. 교장은 보이지 않았다.

"이 방인가요?"

기생이 서너 명 들어왔다. 좀 놀랐지만 벽에 떠밀려 있는지라 그냥 보고만 있었다. 그때까지 기둥에 기대서서 잘난 척 호박 파이프를 물고 있던 빨간 셔츠가 갑자기 일어나서 나가려고 했 다. 그러자 기생 중 하나가 웃으며 인사를 했다. 가장 젊고 예쁜 여자였다. 빨간 셔츠는 모르는 척하고 나가 버리더니 다시 나타 나지 않았다.

기생이 들어오자 갑자기 활기가 넘쳤다. 모두가 환성이라도 지르는 듯싶게 시끄러웠다. 숫자 맞히기 놀이를 하는 사람도 있 었는데 얼마나 소리가 큰지 이아이메키(앉아 있다가 재빨리 칼을 뽑는 검술을 보여 주는 곡예)를 배우는 것 같았다. 손을 휘두르는 모양이 다크 극단의 인형보다 능숙했다. 한쪽 구석에서는 술병 을 흔들고 소리를 지르기도 했다. 얼마나 시끄러운지 견딜 수가 없었다. 생각에 잠겨서 조용히 앉아 있는 것은 끝물 호박뿐이었다. 그렇게 송별회를 열었다고 끝물 호박이 떠나는 걸 아쉬워하는 것은 아니다. 그저 술 마시고 놀려는 거였다. 그러니 끝물 호박 혼자 어쩔 줄 몰라 가만있지 않는가. 송별회는 왜 열었는지 모를 일이었다. 피곤해 보이는 끝물 호박한테 권했다.

"고가 선생님, 이제 돌아갑시다."

"오늘은 저 때문에 마련해 주신 송별회인데, 제가 먼저 자리를 뜨면 도리가 아니지요."

끝물 호박은 움직이지 않았다.

"뭐 상관없잖아요. 송별회면 송별회답게 적당한 선에서 끝내는 게 좋아요. 저 꼴들을 좀 보세요. 이건 송별회가 아니라 무슨 미치광이 모임 같잖아요. 자, 가요."

내가 내키지 않아 하는 사람을 억지로 끌고 나가려는데 떠버리 놈이 어디선가 빗자루를 주워 와서는 옆에 들고 길을 막아섰다.

"이거, 주인공이 먼저 자리를 뜨다니 말이 안 되지. 이건 청일 조약이다. 돌아갈 수 없음."

"네가 하는 말이 청일조약이면 나는 만만디, 만만디."

나는 아까부터 그놈이 눈에 거슬렸던 터라 주먹을 그놈의 머리통에 한 방 날렸다. 떠버리 놈은 한 2, 3초 정도 앞뒤로 휘청거리더니 멍해졌다.

"어라, 이건 말이 안 되지. 요시카와를 때리다니 어처구니없
군. 다시 한 번 청일조약이다."

혼자 구시렁구시렁 얼빠진 소리를 하고 있는데 뒤에서 거센
바람이 무슨 일이 났구나 싶어 검무를 관두고 뛰어왔다가 그놈
의 목을 잡아끌었다.

"청일…… 아파, 아프다고. 이건 폭력이야."

비명을 지르는 걸 옆으로 잡아채 비틀었더니 나가자빠졌다.
그 뒤는 어떻게 됐는지 모르겠다. 끝물 호박 선생하고 헤어져서
집에 도착해 보니 벌써 11시가 넘어 있었다.

10

그날은 승전 기념일로 학교 수업이 없는 날이었다. 연병장에
서 기념식이 열려 너구리가 학생들을 데리고 참석하기로 되어
있었다. 나도 교직원으로 함께 가야 했다. 시내로 나오자 동네
가 온통 히노마루(일장기) 물결로 눈이 부셨다. 학생들이 8백 명
이나 되기 때문에 체육 선생이 조를 짜서 세운 다음 사이사이에
교사를 한 명씩 배치해 학생들을 감독하도록 했다.

줄을 세운 모양을 보면 상당히 머리를 쓴 것인데 사실은 무지

정신이 없었다. 학생 놈들이란 규칙을 깨지 않으면 자기들 체면이 서지 않는다고 생각하기 때문에, 선생이 아무리 지켜보고 있어도 그 소란을 말릴 수가 없다. 부르라고 말한 적도 없는데 자기들 마음대로 군가를 부르고 군가가 끝나면 "와아!" 하고 괜히 소리를 지르는 것이 이건 무슨 정신병자들이 마을을 배회하는 것 같았다. 군가를 부르지 않는 동안에는 시끌벅적 떠들어 댔다.

일본인들은 태어날 때 입부터 나온다더니 아무리 야단을 쳐도 쇠귀에 경 읽기였다. 떠드는 것도 그냥 떠드는 것이 아니었다. 뒤에서 선생들 험담을 하기 때문에 비열하기까지 했다. 나는 기숙사 사건으로 학생들에게 사죄를 받았으니까 끝났다고 생각하고 있었다. 하지만 그것은 커다란 착각이었다. 학생들이 사과한 것은 스스로 뉘우친 것이 아니었다. 교장이 하라고 하니까 형식적으로 겨우 머리만 조아린 것뿐이었다. 장사치들이 사람들 앞에서는 절을 하면서 뒤로는 속여 먹는 것처럼 이것들은 장난치는 것을 멈출 놈들이 아니었다.

생각해 보니 세상일이 모두 그런 놈들 짓거리에서부터 자라난 것이 아닌가 싶다. 사람이 잘못을 뉘우치고 사죄하는 것을 곧이듣고 용서하는 것은 물정 모르는 바보들이나 하는 것이다. 거짓으로 사과하는 것이면 거짓으로 용서하면 된다. 정말로 끝까지 사죄를 받아 내야 될 일이라면 말 대신에 두 눈에서 눈물이 쏙 빠지도록 흠씬 두들겨 패야 된다. 내가 녀석들 사이에 들어가 서자 '튀김', '당고'라는 말이 들려왔다. 그런데 아이들이 워낙 많아서 어떤 놈 입에서 나온 것인지 알 수가 없었다. 어떤 놈인지 알아도 그놈은 둘러댈 게 뻔했다.

"지는 새임 보구 튀김이라고 부르지 않았고만. 당고라고 부른 적도 없어라. 그건 새임이 괜시리 그 말에 신경 쓰고 있응께 고렇게 들리는 것이제요."

그런 비열한 근성은 막부 시대부터 내려오는 뿌리 깊은 것으로, 말로 타이르고 가르쳐도 흉내를 내지 않고는 못 배긴다. 그런 곳에서 1년이나 있다가는 추잡한 꼴 못 보는 나도 저렇게 닮을지도 모르겠다는 생각이 들었다. 상대방이 능숙하게 빠져나갈 수 있는 수단으로 자기 머리를 어지럽히는데 그냥 놔둘 멍청이 바보는 없다. 그런데 학생이라고는 해도 덩치가 나보다 큰 놈들이었다. 복수를 하려고 평소 내 성질대로 했다가는 놈들에게 역습을 당하기 십상이었다.

"네놈들이 잘못해서 그러는 것이다."

말을 해도 어차피 처음부터 도망갈 구멍을 파 놓고 있기 때문에 오히려 더 큰소리를 치게 될 것이다. 큰소리를 치며 멀끔한 얼굴로 내 약점을 잡아 공격한다. 원래 복수를 하려고 한 일이니 상대방의 잘못을 드러내지 않으면 이쪽의 주장은 쓸데없는 변명이 된다. 결국 상대는 겉으로만 손을 내밀어 다른 사람들에게는 내가 먼저 시작한 싸움처럼 생각하게 만든다. 승산 없는 짓이다. 그렇다고 녀석들이 하는 대로 내버려 두면 점점 잘난 줄 알게 되어 세상에 좋지 않다. 그러니 나도 녀석들과 같은 방법을 써서 꼬리가 잡히지 않는 교묘한 복수를 해야 했다. 1년이나 그렇게 당한다면 나쁘고 나쁘지 않고를 떠나, 녀석들처럼 하지 않으면 결판을 낼 수 없었다. 아무래도 빨리 도쿄로 돌아가서 기요랑 사는 게 좋겠다 싶었다. 그런 동네에서 사는 것은 타락을 재촉하는 짓이었다. 신문 배달을 하는 것이 타락하는 것보다 낫다.

갑자기 앞쪽에서 시끌벅적한 소리가 들렸다. 그러자 갑자기 줄이 멈췄다. 무슨 일인가 해서 줄에서 빠져나와 앞을 보니 오테마치를 건너편에 두고 야쿠시마치로 들어가는 모퉁이 지점에서 앞으로 밀쳤다가 뒤로 밀렸다가 하면서 학생들이 옥신각신하고 있었다.

"조용히, 조용히 해!"

앞에서 소리치는 체육 선생에게 뭐냐고 물어보았더니 저쪽 길모퉁이에서 중학교와 사범학교가 충돌했다고 했다. 중학교와 사범학교는 예부터 어느 동네나 개와 원숭이처럼 서로 만나기만 하면 싸움질이라고 한다. 왜 그러는지 모르겠지만 기질이 맞지 않아서 무슨 일만 있으면 싸움을 한다. 좁은 동네에서 지루하니까 시간 좀 죽이자는 거겠지 싶었다. 나도 싸움이라면 열일 제쳐 놓는 사람이라 충돌했다는 얘기를 듣자마자 장난 반으로 그곳으로 갔다.

"쳇, 세금으로 학교 다니는 녀석들이! 물러서!"

학생들을 헤치고 모퉁이까지 거의 다 갔는데 높고 날카로운 호령 소리가 들려왔다.

"앞으로!"

사범학교 학생들이 앞으로 걸어 나가기 시작했다. 좀 전에 일어난 충돌은 타협이 되어 중학교가 양보하기로 한 것 같았다. 서열로 보아도 사범학교가 한 단계 위라고 했다.

기념식은 무척이나 간단했다. 여단장이 축사를 읽었다. 현 지사가 축사를 읽었다. 그러고 나서 참석자들이 만세 삼창을 했다. 그러고는 끝이었다. 뒤풀이는 오후에 한다고 해서 일단 집으로 돌아와서 마음먹고 있던 일을 하기로 했다. 기요에게 편지를 쓰는 것이었다.

'다음에는 좀 더 자세히 써 달라'고 부탁했으니 공을 들여야 했다. 마음먹고 편지지를 꺼냈는데 쓸 말이 많아서 뭐부터 써야 할지 몰랐다. 이 말을 쓸까 저 말을 쓸까 기요가 재미있어 할 사건은 없을까 생각해 보니 그럴 만한 것이 없었다. 나는 그저 먹을 갈고, 편지지를 보고, 또 먹을 갈고 편지지를 보고 같은 동작을 몇 번씩 반복하다가 '나한테 편지 쓰는 일 따위는 불가능하다'는 생각에 벼루 뚜껑을 덮어 버렸다. 편지를 줄줄이 쓰는 것은 정말 귀찮은 일이었다. 그냥 도쿄로 달려가 얼굴 보고 이야기하는 것이 속 편하고 간단했다. 기요가 걱정하는 것을 모르는 건 아니지만 기요의 요구대로 편지를 쓰는 것은 삼칠일 단식보다 더 괴로웠다.

나는 붓과 편지지를 치워 버리고 팔베개를 하고 누워 마당 쪽을 쳐다보았다. 또다시 기요의 얼굴이 떠올랐다.

'이렇게 멀리서도 기요를 떠올리면서 염려하면 내 마음이 기요한테도 전달될 거야. 기요가 이런 내 심정을 알면 굳이 편지 같은 것은 안 써도 되잖아. 무소식이 희소식이지. 편지란 사람이 죽었을 때나 아플 때, 무슨 일이 생겼을 때 알리려고 쓰는 것이지.'

하숙집 정원 한쪽에 귤나무 한 그루가 서 있었다. 담 너머에서도 표가 날 만큼 컸다. 나는 집에 돌아오면 언제나 이 귤을 바라본다. 도쿄를 떠나 본 적이 없는 사람에게 귤이 나무에 열려 있는 것을 본다는 것은 정말이지 신기한 일이었다. 저 퍼런 열매가 숙성해서 노란 빛깔이 되면 참으로 아름다울 거라고 생각

했는데, 벌써 어떤 놈은 절반쯤 노릇노릇 물이 들어 있었다. 할머니한테 물어보니 물이 많아서 아주 맛이 좋다고 했다.

"쪼까 있다 저놈들 익으면 잔뜩 따서 줄 텡께."

날마다 조금씩은 맛볼 수 있을 터였다. 3주 더 있으면 충분히 먹게 될 것이었다. 설마 3주 안에 그곳을 떠날 일은 없겠지 하며 귤 먹을 생각을 하고 있는데 거센 바람이 왔다.

"승전 축일인데, 자네랑 같이 요리 좀 먹어 볼까 해서 쇠고기를 사 왔네."

대나무 잎으로 싼 꾸러미를 소맷자락에서 꺼내더니 방석 위에 획 던졌다.

"그거 좋지요."

이놈의 하숙집 구석에서 감자랑 두부만 먹고 누렇게 떠 있으면서도 메밀국숫집이나 당곳집 앞에는 얼씬도 못했기 때문에 할머니에게 냄비와 설탕을 빌려 끓이기 시작했다. 거센 바람은 입에 고기를 꾸역꾸역 집어넣으면서 말했다.

"자네 빨간 셔츠가 기생이랑 내연의 관계인 것 아나?"

"알고말고요. 요전에 끝물 호박 선생 송별회에 온 기생들 중 하나 아니에요?"

"맞아. 난 얼마 전에 겨우 눈치챘는데, 자넨 역시 눈치가 빠르군."

"그놈 입만 떼면 품성이 어때야 된다는 둥, 정신적 즐거움을 쌓아야 된다는 둥 하면서 뒤에서는 기생이나 데리고 있다니까. 괘씸한 놈. 다른 사람한테 이래라 저래라 말이나 안 하면 내가 말도 안 해. 자네가 메밀국숫집에 가고 당고를 먹어서 품위가 깎인다며 교장 입을 통해서 주의를 주었잖아."

"맞아요. 그놈 눈에는 기생 데리고 노는 것은 정신적인 즐거움이고 튀김국수랑 당고는 물질적 즐거움으로 보이겠지요. 정신적인 즐거움이라면 정정당당히 사람들 앞에 내놓고 할 일이지 그게 뭡니까. 단골 기생이 들어오니 도망치듯 나가고, 끝까지 사람을 속일 셈인 거지. 재수 없어 정말. 그러고는 남이 공격하면 모르겠다느니, 러시아 문학이니, 하이쿠와 신체시가 동류라느니 하면서 정신을 빼놓는다니까요. 그런 겁쟁이는 사내가 아니죠. 녀석 아비는 유지마의 가게마(에도 시대에 아직 무대에서 보지 않은 소년. 여기선 남창의 의미)일 거예요. 사내답지 못하다 이거죠. 아직 덜 익었잖아요. 그런 것 먹으면 속에 기생충 생긴다니까요."

"괜찮아 뭐. 그런데 빨간 셔츠는 사람들 몰래 온천장 가도야에 가서 기생과 만난다지?"

"가도야라고요? 그 여관 말인가요?"

"여관 겸 요릿집 있잖아. 그놈이 꼼짝하지 못하게 하는 길은 기생을 데리고 온천장에 들어가는 것을 봐 두었다가 덮쳐서, 그 자리에서 아주 단단히 망신을 주는 것밖엔 없어."

"그러면 그곳에서 밤 근무라도 서겠단 말인가요?"

"못할 것도 없지. 가도야 앞에 마스야라는 여관이 있어. 그 집 2층에 방을 빌려서 창호지에 구멍을 뚫고 보고 있으면 된다고."

"보고 있는 동안에 올까요?"

"오겠지. 하지만 하룻밤만으로는 어려울 거야. 한두 주 정도 그렇게 해야 된다고 봐."

"꽤나 피곤하겠군요. 우리 아버지 돌아가실 때 1주일 정도 밤을 꼬박 새워서 병난 적이 있어요. 나중에 완전히 기진맥진해 가지고 뻗어 버렸지요."

"몸 좀 피곤한 것쯤 아무것도 아니야. 저런 비열한 놈을 그대로 두었다간 나라를 위해서도 안 될 일이니까, 내가 하늘을 대신 해서라도 끝까지 처단할 거야."

"신나는데요? 일이 결정되면 나도 협력할게요. 오늘부터 시작할 건가요?"

"마스야에 아직 얘기를 안 했으니 오늘은 곤란해."

"그럼, 언제부터 하려고요?"

"곧 시작할 거야. 자네한테 알려 줄 테니 그때 힘 좀 빌리자고."

"좋아요. 불러만 줘요. 언제라도 합세하죠. 계략엔 약해도 싸움 하나는 자신 있다고요."

나와 거센 바람이 방 안에서 빨간 셔츠 타도 계획을 세우고 있는데 할머니가 들어왔다.

"학생 하나가 홋타 선상 뵙것다고 하는디, 선상 집에 가니 없어라 여그 왔응게 나와 보소."

문지방에 무릎을 대고 거센 바람의 대답을 기다렸다.

"아, 그래요?"

현관까지 나갔다가 잠시 뒤에 들어왔다.

"학생 하나가 승전 축제 뒤풀이 보러 가자는데 같이 안 갈 텐가? 오늘 고치에서 여기까지 여러 명이 춤을 보여 주러 왔다니까 볼 만할 거야. 날마다 볼 수 있는 구경이 아니라네."

춤이라면 도쿄에서 많이 보았다. 해마다 하치만 신 제사 때 동네에 무대가 세워져 전통 연극은 잘 알고 있었다. 엉터리 춤은 보고 싶지 않았지만 거센 바람이 같이 가자니까 따라나섰다.

"그럼, 같이 가 봅시다."

누가 부르러 왔나 했더니 빨간 셔츠의 동생 놈이었다. 이건 또 무슨 일인가 싶었다. 기념식장에 들어가니 여기저기 꽂아 놓아 둔 기다란 깃발이 보였는데, 세계 각국의 국기를 다 빌려 왔는지 파랑기만 했던 하늘을 화려하게 뒤덮고 있었다. 동쪽에 무대를 마련했고 그 위에서 고치의 뭔가 하는 춤을 춘다고 했다.

무대의 반대쪽에서는 불꽃을 쏘아 올리고 있었다. 불꽃과 함께 풍선도 올라갔다. 풍선은 성곽 위를 살포시 엿보더니 다시 병영 안으로 내려앉았다. "펑!" 하는 소리가 나더니 검은색 박이 가을 하늘을 꿰뚫듯이 올라갔다. 그리고 내 머리 위에서 둘로 갈라지더니 안에서 파란 연기가 우산살처럼 퍼져 나와 공중에서 흩어졌다. 풍선이 또 올라갔다. 빨강 바탕에 흰 글씨로 물들인 것들이 바람을 따라 온천 마을에서 아이오이 마을로 날아갔다. 관음 사찰 경내에 떨어질 것 같았다. 기념식은 별 볼일 없었는데, 인파가 굉장했다. 이 좁은 동네에 그렇게 많은 사람이 있었나 싶을 정도로 바글바글했다. 똑똑해 뵈는 사람은 없어도 수를 생각하면 함부로 볼 수 없었다.

모두 기대하는 고치의 뭔가 하는 춤이 시작됐다. 춤을 춘다고 해서 나는 후지마(춤의 일인자)인가 뭔가 하는 사람처럼 추는 것이겠지 하고 짐작했는데 전혀 딴판이었다. 엄숙하게 머리끈을 뒤로 동이고 무릎을 묶는 여행용 하카마를 입은 남자들이 들어왔다. 무대 위에 열 명씩 세 줄로 늘어섰는데, 서른 명이나 되는 사람들이 모두 시퍼런 칼날이 번쩍이는 칼을 허리춤에 늘어뜨리고 있어서 깜짝 놀랐다. 앞줄과 뒷줄 사이는 불과 한 자 다섯 치 정도밖에는 안 됐다. 양옆의 간격은 그보다 좁으면 좁았지

넓지 않았다. 딱 한 사람만이 그 열을 벗어나서 무대 끝에 섰을 뿐이었다. 그 무대 끝에 선 남자는 하카마만 입고 칼 대신 가슴 팍에 큰 북을 매고 있었다. 큰 북은 다이카구라(궁중 무악)에 나오는 북이랑 같은 것이었다. 이 남자가 마침내 "이야아 하아아!" 하고 큰 소리를 지르더니 이상한 노래를 부르면서 북을 쳤다.

노래는 상당히 느린 가락으로 복날의 엿가락처럼 늘어져 정돈된 소리는 아니었지만, 마디마디 끊어서 봉보로 봉 북소리를 내니까 그런 대로 박자가 맞았다. 이 박자에 맞춰 서른 명이 칼을 번쩍거리면서 휘두르는데 그 손놀림이 어찌나 빠른지 보고만 있어도 마음이 조마조마했다. 옆 사람이나 뒤에 있는 사람과는 얼마 떨어져 있지도 않으면서 서로 시퍼렇게 날이 선 칼을 자기 몸 놀리듯 휘두르고 있으니 누구라도 실수를 하면 상처를 입을 것이었다.

아무도 안 움직이면서 칼만 전후좌우로 휘두르면 덜 위험할 텐데 서른 명이 한꺼번에 발을 구르면서 옆을 돌아보곤 했다. 칼을 쳐든 팔꿈치를 구부리기도 했다. 옆 사람이 1초라도 빠르거나 느리게 움직이면 코가 날아갈 판이었다. 코는 물론이고 머리통이 날아갈지도 몰랐다. 긴 칼을 자유자재로 움직이면서 동작도 한 사람이 하는 것처럼 전후좌우로 박자에 맞추었다. 놀라웠다. 상당히 오랜 기간 해서 숙련된 사람들이 하는 것으로 하루 이틀 가지고는 흉내조차 내서는 안 된다고 했다. 그런데 정작 가장 힘든 것은 북치기 봉보로 봉 선생이라고 했다. 서른 명의 발동작과 손동작, 허리 돌리기까지 모두 봉보로 봉 선생의 박자에 맞추기 때문이었다. 앞에서 북만 치는 것이 가장 편해 보였는데 그렇게 막중한 책임을 지고 있었다.

감탄하면서 춤 구경을 하고 있는데 한 50미터쯤 떨어진 건너편에서 갑자기 함성이 들렸다.

"와아!"

그때까지 조용히 구경하던 사람들이 일사불란하게 양옆으로 움직이기 시작했다.

"싸움 났다, 싸움 났어!"

누군가 소리치는가 싶더니 사람들 속을 헤치고 빨간 셔츠의 남동생이 나왔다.

"선생님, 또 싸움이 일어났어요. 우리 학교 쪽이 오늘 아침 일에 대해서 복수를 하겠다고 사범학교 놈들하고 결전을 시작했어요. 빨리 좀 와 주세요."

그렇게 말하고는 빨간 셔츠 남동생은 또 사람들을 헤치고 어디론가 사라졌다.

"귀찮은 놈들이야. 또 시작이군. 그냥 대강 좀 넘어가지."

거센 바람은 사람들을 뚫고 싸움이 벌어진 쪽으로 달려갔다.

보고 있을 수만 없으니까 말려 보겠다는 심산일 것이었다. 나도 물론 도망갈 생각은 없었다. 우리가 도착했을 때는 싸움이 한창이었다. 사범학교 쪽은 한 5, 60명쯤 있었는데, 우리 학교 학생들은 그보다 훨씬 많았다. 그쪽 학생들은 모두 교복을 입었고, 우리 학교 학생들은 기념식이 끝나고 집으로 돌아가 평상복으로 갈아입고 나왔기 때문에 적군과 아군을 구별하기는 쉬웠다. 문제는 서로 뒤엉켜서 치고받는 싸움이라 어디부터 갈라놓을지 모르겠다는 거였다.

거센 바람은 곤란하다는 표정으로 잠시 난투극을 보고 있다가 나를 돌아보며 말했다.

"이대로는 안 되겠는걸. 이러다가 경찰이라도 오면 더 복잡해지니까 무조건 뜯어말리자."

나는 알았다는 대답도 안 하고 그대로 가장 치열하게 싸우고 있는 무리 속으로 뛰어들었다.

"그만들 해! 그렇게 행동하면 학교 체면 구겨진다. 그만둬."

힘껏 소리치면서 적군과 아군의 경계선을 갈라놓으려고 애썼지만 생각대로 되지 않았다. 눈앞에서 덩치가 큰 사범학교 학생이 우리 학교 학생들과 들러붙어 싸우고 있었다.

"그만두라고 했잖아."

내가 그 사범학교 학생의 어깨를 잡고 억지로 잡아떼려고 하는데 누군지 모르겠지만 밑에서 내 발을 홱 들어 올렸다. 나는 예상치 못한 기습 공격을 받아 옆으로 나뒹굴었다. 내가 바닥에 쓰러지자마자 딱딱한 구두를 신고 내 등 위에 올라타는 놈이 있었다. 양손을 짚고 무릎을 이용해서 벌떡 일어났더니 등에 올라탔던 녀석이 오른쪽으로 나가떨어졌다. 일어나자 10미터 전방에 거센 바람의 커다란 덩치가 학생들에게 휩싸여 있는 것이 보였다.

"그만둬, 이젠 싸움은 그만들 해 두라고."

"선생님, 도저히 안 되겠어요."

소리쳐 보았지만 내 말소리가 안 들렸는지 대답도 없었다. 그때 슉 하고 바람을 가르며 날아온 돌이 내 광대뼈를 맞히고 그와 거의 동시에 누군가가 각목으로 내 등을 내리쳤다.

"선생이란 작자가 싸움에 끼어들었어. 때려눕혀라. 덩치 큰 놈과 작은 놈. 돌을 던져."

'뭐야 이거! 어디다 대고 건방지게. 촌닭 놈들 주제에.'

화가 나서 옆에 있던 사범학교 학생 놈의 머리통을 휘어잡았다. 또 한 번 돌이 날아왔다. 이번 돌은 내 이마를 스치고 뒤로 떨어졌다. 거센 바람은 어떻게 됐는지 보이지 않았다.

'뭐, 이 지경이 됐으니 이젠 어쩔 수 없다. 처음엔 싸움을 뜯어 말리려고 달려왔지만 얻어맞고, 돌 세례 받고, 이런 꼴을 당하고 물러설 바보가 어딨어? 날 뭐로 보는 거야? 내가 덩치는 작아도 싸움 바닥에서 정식 코스를 밟은 고수다, 고수.'

물불 안 가리고 엎어 치고 메치고 한참을 후려갈기고 있는데, 한쪽에서 소리가 들려왔다.

"경찰이다, 경찰. 튀어라!"

그때까지 엿 속에 들어서 있는 것처럼 꼼짝할 수 없었는데, 이제 좀 움직일 만하다 싶으니 적군도 아군도 한꺼번에 흩어져 버렸다. 촌닭 놈들이 달아나는 것 하나는 기술적이었다.

'거센 바람은 어떻게 된 거야, 도대체.'

돌아보았더니 건너편에서 코피를 닦고 있었다. 콧등을 맞았는지 피가 콸콸 쏟아졌다. 코가 부어올라서 시뻘겋게 된 꼴이 말이 아니었다. 나도 먼지투성이였지만 거센 바람만큼 심한 것은 아니었다.

"자네도 피 많이 나."

거센 바람이 말해 주었다. 경찰들 대여섯 명이 왔는데 학생들은 반대 방향으로 흩어졌기 때문에 잡힌 것은 거센 바람과 나, 둘뿐이었다. 우리는 각자 이름을 대고 사정을 설명했다.

"좌우간 서까지 오시오."

경찰서에 가 서장 앞에서 경위를 진술하고 하숙집으로 돌아왔다.

11

다음 날 눈을 뜨자 온몸이 무지하게 쑤셨다.

'한동안 싸움을 안 하다가 해서 이런 거겠지. 이래서는 싸움 잘 한다는 말도 못하겠네.'

잠자리에 그대로 누워 있었는데, 할머니가 시코쿠 신문을 가지고 들어와서 베개 옆에 놓고 나갔다. 신문을 들추기도 힘들었지만 누운 채 억지로 두 장째를 넘기다가 기겁을 했다. 전날 일이 대문짝만 하게 난 것이었다. 큰 싸움이었으니 신문에 난 것이 놀랄 일도 아니었다.

'중학교 교사 홋타 모 씨와 근래 도쿄에서 새로 부임해 온 물정 모르는 모 씨가 순진한 학생들을 부추겨 소동을 일으켰을 뿐만 아니라, 사범학교 학생에게 직접 폭행을 가하기도 했다.'

그리고 그 뒤에는 사건에 대한 사설이 나와 있었다.

'이 고장의 중학교는 예부터 선량하고 온순한 마을의 정서를 이어받아 전국에서도 부러움을 사고 있는데, 몰상식한 두 사람이 소동을 일으켜서 학교의 명예를 더럽히고 시 전체에 오점을 남긴 이상 모두가 한마음으로 책임을 묻지 않을 수 없다. 우리가 나서서 수를 쓰기 전에, 학교는 적절히 조처해 문제의 교사들이 다시 교육계에 발도 들여놓지 못하도록 해야 한다.'

그리고는 한 자, 한 자씩 글자 위에 점을 찍어 특별히 강조를 해 놓았다.

"똥이나 처먹어라."

나는 이불을 깔고 앉아 한마디 하고 일어났다. 이상하게도 조금 전까지 쑤시고 천근만근이었던 몸이 일어남과 동시에 날아갈 듯이 가벼워졌다.

나는 신문을 둘둘 말아서 마당에 힘껏 내팽개쳤다가 성이 풀리지 않아 변소로 가 똥통에다 처넣어 버렸다. 신문이란 것이 말도 안 되는 거짓말을 싣고 있었다. 내가 해야 할 말도 저쪽에서 떠들어 대니 기분이 나빴다. 게다가 '근래 도쿄에서 새로 부임해 온 물정 모르는 모 씨'라는 것은 또 뭐냔 말이다. '모 씨라는 성도 있나?' 나에게도 그럴듯한 성이 있고, 이름도 있다. 족보가 있으면 다다의 만주 이후 선조를 한 사람도 빠짐없이 댈 수 있다는 말이다.

얼굴을 씻으니 뺨이 욱신거렸다.

"오늘 아침 신문은 봤어라?"

"읽긴 읽었는데 똥통에 처넣었으니 읽으시려면 건지세요."

거울에 비추어 보니 맞아서 난 상처가 그대로 남아 있었다. 얼굴에 상처가 난 것도 억울한데 '물정 모르는 모 씨'라는 그따위 말을 쓰다니 짜증이 났다. 신문 기사 한 줄 때문에 방구석에 숨었다고 사람들이 착각하면 평생 얼굴에 똥칠하는 것이 되므로 허겁지겁 아침밥을 먹고 학교에 갔다. 교무실로 들어서는 사람들마다 내 얼굴을 보고 웃었다.

"어이구, 어제 한 건 올리고 얻은 명예 훈장입니까, 이거?"

떠버리 놈은 송별회 때 얻어맞은 복수를 하겠다고 마음먹고 있었는지, 얼굴에 난 상처를 가리키며 재수 없이 비꼬았다.

"쓸데없는 소리 말고 저리 가서 붓이나 빨고 계시죠."

"아이고, 죄송합니다. 한데 어쩌나, 꽤나 아프시겠어요."

"아프든 말든 내 얼굴이니까 당신이 상관할 바가 아닙니다."

떠버리는 자기 자리로 가서 역사 선생과 이야기를 하며 키득댄다. 거센 바람이 들어왔다. 거센 바람의 코는 보라색 떡 덩어리 같았다. 코를 풀면 고름이라도 쏟아질 것처럼 부풀어 있었다. 교실에 들어서자 학생들은 박수를 치며 환영이었다. 두세 명이 외쳤다.

"선생님 만세!"

분위기가 좋은 건지 아리송했다. 나와 거센 바람이 모든 이에게 관심의 초점이 되어 있던 차에 빨간 셔츠는 평소처럼 나에게 다가와서 사과 투로 말했다.

"정말 미안합니다. 신문에 난 것은 교장 선생님과 상의해서 조처를 했으니 걱정하지 마세요. 내 동생이 홋타 선생을 불러

같이 가자고 해서 일어난 것이라 더 미안합니다. 이번 일에 대해서는 어떻게 하든 힘을 써 해결할 작정이니까 너무 심려하지 마세요."

교장은 셋째 시간이 지나고서야 교장실에서 나왔는데 다소 걱정하는 듯했다.

"신문에 안 좋게 기사가 나서…… 더 이상 크게 번지지 않았으면 좋겠는데……."

걱정 같은 것은 조금도 하지 않았다. 나를 면직하겠다면 그전에 사표 쓰고 나오면 그만이었다. 하지만 아무 잘못도 하지 않았는데 먼저 고개를 숙이는 것은 허풍쟁이 신문사를 뒤받쳐 주는 꼴이라, 신문사에 정정 기사를 내게 하고 학교에 남는 것이 올바른 처사였다. 돌아가는 길에 신문사에 들러 담판을 지을까 했는데 학교에서 조처를 했다고 하니 그만두었다.

수업이 끝난 뒤 나와 거센 바람은 교장과 교감에게 일어난 일을 사실 그대로 설명했다.

"신문사에 우리 학교가 잘못 보였나 봅니다. 그러니 그런 일로 이렇게까지 떠드는 거지요."

빨간 셔츠는 선생들을 붙잡고 우리를 변호하면서 돌아다녔다. 특히 자기 동생이 거센 바람을 불러냈다면서 자기 탓인 양 주절거렸다. 돌아오는 길에 거센 바람이 주의를 주었다.

"자네, 빨간 셔츠는 비열한 놈이니까 조심하지 않으면 당할 수 있네."

"원래 비열한 놈이잖아요. 오늘부터 새삼스럽게 비열해진 건 아니지요."

"자네 아직도 눈치 못 챘나? 어제 일부러 우릴 불러내서 싸움에 휘말리게 한 계략이잖아. 싸움을 시켜 두고 곧바로 신문사에 손을 써서 기사를 쓰게 한 거야. 정말 비열한 놈이야."

"말도 안 돼. 이번 일이 빨간 셔츠의 술책이라면 이번 사건으로 면직될지도 모르겠네요. 그렇다면 나는 내일 당장 사표를 써서 던지고 바로 도쿄로 돌아가겠어요. 이런 엉터리 같은 곳에 눌러앉아 있을 필요 없잖아요?"

"자네가 사표 써 봤자 빨간 셔츠는 곤란할 게 하나도 없어."

"그것도 그러네요. 어떻게 해야 곤란해질까요?"

"저 교활한 놈은 아무 증거도 안 남기고 일을 처리하기 때문에 꼬투리를 잡기 어렵지."

"비겁한 놈, 억울하게 뒤집어쓰게 생겼네요. 이것 참, 하늘은 착한 사람을 돕는다던데."

"조용히 동태를 살피면서 온천장에서 그놈을 덮치는 수밖에 없어. 놈의 급소를 노려야 해."

"그거 좋은 생각이에요. 나는 계획 세우는 데는 영 꽝이니까 선생님이 잘 좀 해 보세요. 나한테 맡겨지는 일은 뭐든지 할 테니까요."

빨간 셔츠가 거센 바람의 추리대로 뒤에서 조종한 것이면 정말이지 나쁜 놈이었다. 내 머리로는 당할 수 없는 놈이었다. 아무래도 힘으로 밀어붙이지 않고서는 해결할 수가 없었다. 다음 날 신문에 정정 기사는커녕 취소 기사 한 줄 없었다. 너구리에게 어찌된 일이냐고 따져 물었다.

"내일 정도에는 나겠지요."

다음 날 신문을 보니 6호 활자(가장 작은 글씨)로 취소 기사가 났다. 다시 교장에게 물었다.

"그 이상 더 어찌지는 못 하겠더군요."

교장이랍시고 너구리 낯짝으로 잘난 체하고 있지만 별 힘이 없었나 보다. 허풍쟁이 시골 신문의 사과 하나 받아 내지 못했다. 열이 뻗쳤다.

"그렇다면 제가 혼자라도 달려가서 신문사 주필을 붙잡고 담판을 짓겠습니다."

그러자 너구리 얼굴이 시퍼레졌다.

"아이고, 그러면 안 돼요. 선생이 또 소동을 피우면 그쪽에서는 더 안 좋은 말을 쓸 겁니다. 한번 기사화된 건 참이든 거짓이든 되돌리기가 어려워요. 그냥 포기하는 수밖에 없어요."

너구리는 무슨 절간 중의 설법 같은 말로 둘러댔다. 신문이란 것이 그런 거라면 하루빨리 폐간시키는 것이 이익이다. 사흘 정도 지난 날 오후에 거센 바람이 다가와서 말했다.

"드디어 때가 왔어. 그때 세웠던 그 계획을 실행해야겠네."

"그래요? 그렇다면 나도 같이 해야지요."

그 자리에서 합세했다. 그런데 거센 바람은 고개를 저었다.

"교장이 자네한테도 사표 내라고 하던가?"

낌새가 이상해서 묻자, 오늘 교장실에서 "자네 사정은 딱하지만, 상황이 안 좋으니 이곳을 떠나는 것이 좋겠다."라는 말을 들었다고 했다.

"아니, 교장이 배를 두드리다가 밥통이 뒤집혔나. 도대체 시골 학교는 왜 이따위 이치에 맞지 않는 짓을 하는 거지? 정말 신물이 나요."

"그것이 바로 빨간 셔츠의 술책이란 거야. 그놈에겐 지금까지 내가 눈엣가시였겠지. 무슨 말을 해도 넘어가지도 않고 아무리 잘 지내려고 머리를 짜내도 잘 지낼 수 없는 사람이라고 생각한 게야. 하지만 자네는 그냥 놔두어도 그다지 해가 될 건 없다고 생각했겠지."

"나도 절대 잘 지낼 수 없는 사람이라고요. 해가 될 건 없다니 무슨 시건방진 소리야!"

"자네는 너무 단순해서 언제든지 자기 맘대로 속여 먹을 수 있다 이거지."

"나 참, 더 시건방진 소리로군. 누가 잘 지내 준다나?"

"학교 수업으로 봐도 그래. 고가 선생 후임으로 온다던 사람이 도착하지 못하고 있는데, 자네와 나를 한꺼번에 내쫓으면 학생 관리에 틈이 생기잖아. 수업에도 지장이 오고."

"뭐야 그럼, 지금 대타로 부려 먹겠다 이건가? 고약한 놈, 어디 자기 맘대로 되나 보자고."

다음 날 나는 학교에 도착하자마자 교장실로 달려가 교장과 이야기했다.

"어째서 저에겐 사표를 내라고 하지 않으시는 겁니까?"

내 말에 너구리는 어처구니없다는 표정을 지었다.

"훗타 선생한테는 그만두라 하고, 저한테는 안 그러는 게 말이 되는 겁니까?"

"그건 학교 사정도 있고……."

"그 학교 사정이란 것이 잘못됐다는 소립니다. 제가 그만두지 않아도 된다면, 훗타 선생도 그만둘 이유가 없습니다."

"아, 그건 좀 설명하기 어려운데, 훗타 선생이 사표를 내는 것은 어쩔 수 없는 일이지만 선생까지 사표를 내야 한다고 보지는 않기 때문에……."

과연 알아 모셔야 할 너구리였다. 앞뒤가 맞지 않는 말을 구시렁대면서도 침착했다.

"그렇다면 저도 사표를 내겠습니다. 홋타 선생 혼자 그만두게 하고 저 혼자 학교에 남아 있을 거라고 생각하시나 본데 저는 그렇게 매정한 인간이 못 됩니다."

"그것은 곤란합니다. 홋타 선생도 가고, 선생도 가 버리면 수학 수업은 누가 진행합니까."

"학교 수업이 어찌되든, 저는 알 바 아닙니다."

"선생님, 자기 생각만 하면 못써요. 학교 입장도 생각해야지. 게다가 교편 잡은 지 얼마 되지 않았는데, 그렇게 사표를 쓰면 앞으로 어떻게 되겠어요?"

"저는 이력서에 끄적이는 몇 글자보다 의리를 더 중요하게 생각하는 사람입니다."

"네, 의리도 중요하지요. 선생이 정 사표를 내겠다면 내 할 말이 없지만, 후임이 올 때까지는 수업을 해 주었으면 합니다. 아무쪼록 집에 가서 잘 좀 생각해 보세요."

집에 가서 잘 생각해 보라니, 다시 생각할 것도 없이 명명백백한 일이었지만, 너구리 얼굴이 붉으락푸르락해져 조금 가여워 보여 생각해 보겠다고 하고 나왔다. 빨간 셔츠한테는 아무 말도 하지 않았다. 어차피 한 방 날릴 것이라면 조용히 있다가 날리는 것이 효과가 클 것이었다.

거센 바람에게 너구리와 그런 이야기를 했다고 말했다.

"그럴 것이라고 생각했지. 사표 쓰는 것은 언제라도 할 수 있는 일이니 일단은 접어 두게."

거센 바람이 나보다는 머리가 있는 사람이기 때문에 충고를 따르기로 했다. 거센 바람은 사표를 내고 마나토야까지 내려갔다가 아무도 모르게 다시 올라와 온천장 마스야 여관 2층에 방을 잡았다. 그날부터 창호지에 구멍을 뚫고 밖을 내다보기 시작했다.

빨간 셔츠는 늦은 밤 남몰래 그곳을 찾았다. 학생들이나 다른 사람들의 이목을 피해 적어도 9시가 넘어 어두컴컴해져야 왔다. 처음 이틀 밤은 나도 밤 11시까지 보초를 섰는데 빨간 셔츠의 그림자도 안 보였다. 사흘째에는 9시부터 10시 반까지 바라보고 있었는데 역시나 허탕이었다. 나흘, 닷새가 지나자 하숙집 할머니가 걱정이 됐는지 한마디 했다.

"두고 온 색시도 있슴서 밤마을은 인자 그만두는 것이 좋지 않겠는가?"

내가 다니는 밤마을은 사람들이 말하는 밤마을과는 차원이 달랐다. 하늘에 이름을 걸고 비열한 놈의 죄를 묻는 밤마을이었던 것이다. 그런데 일주일이나 지나도 아무 성과가 없었으니 정말 못할 짓이었다. 엿새가 지나니 싫증이 났고, 이레째는 하루 쉬어 볼까 하고 꾀가 났다.

거센 바람은 꼼짝하지 않고 있었다. 초저녁부터 자정까지 창호지에 뚫어 놓은 구멍으로 여관집 가스등 밑을 누가 지나가는지 숨죽이고 지켜봤다.

"아무래도 이거 발길을 끊은 거 아닐까요?"

"음, 오긴 틀림없이 올 텐데……."

만일 빨간 셔츠가 한 번도 거기에 들르지 않으면 거센 바람은 천벌을 내릴 수가 없었다.

여드레째 되는 날. 7시부터 하숙을 나와 여유 있게 온천을 하고 시내에 가서 달걀을 여덟 개 샀다. 하숙집 할머니의 감자 공세에 대항하기 위한 대비책이었다. 이 달걀을 네 개씩 양쪽 소매에 넣고, 어깨에 빨간 수건을 걸치고, 마스야 여관의 계단을 걸어 올라갔다. 거센 바람을 쳐다보니 얼굴에 화색이 돌았다.

"희망적이야. 7시쯤에 고스즈라는 기생이 가도야로 들어갔네."

"빨간 셔츠도 같이요?"

"아니, 그 기생만. 기생은 두 명이었는데, 왠지 오늘은 올 것 같은 느낌이 들어. 그놈은 교활한 놈이니까 기생 먼저 보내 놓고 나중에 몰래 올 생각인지도 모르지."

"그럴지도 몰라요. 이제 9시쯤 되었으니까."

"불 꺼. 창호지에 대가리 두 개가 비치면 수상하게 보여. 쥐새 끼는 눈치가 빠른 법이거든."

별빛이 있어서 창문 앞은 약간 밝았다. 나와 거센 바람은 꼼짝 않고 창호지에 얼굴을 들이대고 밖을 바라보았다. 9시 반을 알리는 종이 울렸다.

"선생님, 오늘 정말 올까요? 오늘도 안 오면 전 더 참기 힘든 데……."

"난 주머니에 돈이 남아 있는 한 계속할 거야."

"하지만 여관 사람들이 이상하다고 생각할 거예요."

"여관 사람들이야 어떻게 생각하든 돈만 주면 되는데, 계속 처박혀 있자니 좀 답답하네."

"천벌 내리기도 쉽지 않네요. 하늘에서 그물을 치면 나쁜 놈 들이 빠져나가지 못하고 다 걸려든다는데……."

10시가 지나고 있었다. 주위는 이제 한층 조용해졌다. 유흥 가에서 울려 대는 북소리가 손에 잡힐 정도로 가깝게 들려왔다. 저편에서 사람 소리가 들렸다. 창문 밖으로 고개를 내밀지 못해 누구인지 모습을 똑바로 볼 수는 없었지만 이쪽으로 다가오고 있음을 알 수 있었다.

"뭐 이젠 문제없겠네요. 방해꾼도 쫓아 버렸으니까."

틀림없이 떠버리 놈의 목소리였다.

"뚝심만 세 가지고 요령이라곤 도통 없으니 어쩔 수 없지."

그 목소리는 빨간 셔츠였다.

"그놈도 멍청이를 닮았어요. 그 멍청이는 큰소리나 뻥뻥 치는 도련님이니 귀엽긴 하죠."

"봉급을 올려 줘도 싫다, 죽어도 사표를 내고 싶다, 머리에 문제가 좀 있는 것 같아."

창문을 열어젖히고 2층에서 뛰어내려 그놈들을 늘씬하게 패주고 싶었지만, 그 순간을 위해 일주일을 기다렸으니 꾹 참았다. 두 사람은 가스등 밑을 지나 가도야 여관으로 들어갔다.

"이봐, 정말 왔지?"

"떠버리 자식, 나를 보고 뭐? 큰소리 뻥뻥 치는 도련님? 어디두고 봐라."

"방해꾼이란 날 두고 한 소리겠지."

우리는 두 사람이 돌아가는 길에 잠복해 기다렸다가 일시에 덮치기로 했다. 그런데 여관에 들어가 언제 나올지 모르는 놈을 하염없이 기다리는 것은 힘든 일이었다. 꼼짝하지 않고 앉아서 창틈으로 내다보는 것도 곤욕이었지만 조바심이 나서 도무지 참을 수가 없었다.

"아예 가도야로 쳐들어가서 현장을 덮쳐 버립시다."

"지금 쳐들어가서 난동을 부리면 사람들에게 붙잡히고 말아. 여관 사람들에게 자초지종을 설명하고 그놈을 만나겠다고 하면 그런 사람 없다고 잡아떼든지 별실로 데려갈 거라고. 치밀한 준비 없이 무작정 쳐들어갔다간 낭패 보기 십상일 뿐더러 또 어느 술판에 그놈들이 앉아 있는지도 모르잖아. 좀 갑갑하더라도 참고 나올 때까지 기다리는 수밖에 없어."

새벽 5시까지 참고 기다렸다. 가도야에서 나오는 두 사람이 보이자마자 곧장 아래로 내려가 뒤를 밟았다. 첫 기차가 오려면 아직 멀었기 때문에 두 사람 다 걸어가야 했다. 온천장을 벗어나면 100미터 정도 가로수들이 늘어서 있었고, 옆으로 밭두렁이 펼쳐져 있었다. 거기부터는 어디서 덮쳐도 상관없었지만 되도록 인가가 없는 곳에서 때려눕힐 생각이었다. 시내를 약간 벗어나자 우리는 좀 더 속력을 내서 빠른 걸음으로 따라붙었다. 우리가 가까이 가자 인기척을 느꼈는지 녀석들이 놀라서 뒤돌아보았다.

"거기 서랏!"

소리를 지르면서 어깨를 짚었다. 떠버리 놈이 도망치려는 눈치가 보여서 앞길을 막아섰다.

"한 학교의 교감씩이나 되는 자가 뭣 때문에 가도야에서 밤을 지새나?"

"교감은 가도야에 가면 안 된다는 규칙이라도 있습니까?"

빨간 셔츠가 언제나 그랬듯이 예의를 차리며 대꾸했다. 하지만 얼굴색은 파래졌다.

"교사의 체면을 생각해서 메밀국숫집이나 당곳집 출입도 자제하라고 할 정도로 교양 있는 인간이 어떻게 기생과 함께 여관에서 밤을 지새울 수가 있지?"

떠버리 놈이 도망치려고 꿈틀대기에, 나는 그놈을 잡고 따져 물었다.

"큰소리 뻥뻥 치는 도련님이 도대체 무슨 뜻이야?"

"아니요. 그건 선생 이야기가 아니에요. 정말 아니라니까요."

떠버리는 뻔뻔스럽게 잡아뗐다. 나는 양 소매에 있던 달걀 두 개를 떠버리 얼굴에 던졌다.

"에라, 이거나 받아라."

달걀이 폭삭 깨지면서 얼굴을 주르르 타고 내려와 코끝에 노른자가 대롱대롱 매달렸다. 떠버리 놈이 놀랐는지 소리를 지르며 엉덩방아를 찧더니 떨리는 목소리로 애원했다.

"사, 살려 줘!"

너무 화가 나서 얼떨결에 달걀을 깬 것이었다. 그런데 떠버리 놈이 엉덩방아까지 찧으며 벌벌 떠는 것을 보니 잘했다는 생각이 들었다. 나머지 달걀을 잡히는 대로 다 던져 버렸더니 떠버리 놈 얼굴이 빛나는 노란색이 되었다. 내가 달걀로 떠버리 놈을 벌하는 동안에 거센 바람은 빨간 셔츠에게 첫값을 묻고 있었다.

"내가 기생을 데리고 여관집에서 밤을 지냈다는 증거라도 있습니까?"

"초저녁에 네 단골 기생이 가도야에 들어가는 것을 봤어. 속일 생각 마라!"

"나는 요시카와 선생하고 묵은 거예요. 기생이 초저녁에 들어갔는지 그런 건 모릅니다."

거센 바람은 드디어 한 방 날렸다. 빨간 셔츠는 비틀거리면서 말했다.

"이런 무례한 짓을. 난폭하기가 그지없네. 이렇게 폭력을 휘두르는 것은 옳지 않아요."

거센 바람은 또 한 방 날렸다.

"옳지 않아? 너처럼 비열한 놈은 맞지 않으면 제 잘못을 모르지."

거센 바람은 퍽퍽 연거푸 주먹을 날렸다. 그래서 나도 옆에서 떠버리 놈을 마음껏 패 주었다. 결국 두 놈은 가로수 밑둥치에 뻗어, 움직이지도 못 하겠는지 도망치려고도 하지 않았다.

"이제 충분한가? 모자라면 더 패 주마."

두 사람을 흠씬 더 패 주었다. 떠버리 놈에게 물었다.

"이 자식아, 너도 그만하면 충분하냐?"

"물론 충분합니다."

그래도 입은 살았다고 대답까지 했다.

"네놈들은 비열한 놈들이라 천벌을 내리는 거다. 이것을 교
훈 삼아 앞으로는 조심하는 것이 좋을 거야. 네놈들이 번드르르
하게 입에 발린 소리를 해도 정의는 항상 승리하는 법이다."

거센 바람이 일장 연설을 하자, 두 놈은 아무 말 없이 듣고 있
었다.

"나는 도망친다거나 숨는 따위의 치사한 짓은 할 줄 모르는
사람이다. 오늘 밤 5시까지는 항구에 있는 미나토야에 있을 것
이다. 할 말이 있거든 경찰을 보내든지 마음대로 해라."

거센 바람이 말하기에 나도 한마디 했다.

"나도 홋타 선생과 같은 장소에 있을 테니, 경찰에게 고발하
려거든 마음대로 해라."

우리는 가벼운 발걸음으로 그 자리를 떠났다. 하숙집에 돌아
오니 7시가 조금 안 되었다. 방에 들어가자마자 바로 짐을 꾸렸
다. 방값을 치르고 항구에 있는 여관으로 가서 거센 바람과 함
께 잤다. 서둘러 사표를 쓰려고 했지만, 미루다가 그냥 교장 앞
으로 편지를 보냈다.

'개인 사정으로 사직하고 도쿄로 돌아가게 되었으니 이를 받

아 주시기 바랍니다. 이상.'

여객선은 저녁 6시에 출항했다. 거센 바람과 나는 둘 다 꽤 피곤했기 때문에 별말 없이 그대로 곯아떨어졌다. 눈을 떠 보니 오후 2시가 넘어 있었다. 나는 여관 종업원에게 물었다.

"혹시 경찰이 오지는 않았나?"

"안 왔는데요."

우린 둘이서 큰 소리로 웃었다. 그날 밤 나와 거센 바람은 이 더러운 동네를 떠났다. 배가 뭍에서 멀어지면 멀어질수록 기분이 좋아졌다. 신바시에 도착했을 때는 드디어 속세로 나왔다는 느낌이 들었다. 거센 바람과는 그 길로 헤어졌는데 지금껏 얼굴 볼 기회가 없었다.

기요 이야기를 잊고 있었다. 나는 도쿄에 도착하자마자 짐을 든 채로 기요에게 갔다.

"기요, 나 돌아왔어."

"아이고 도련님, 우리 도련님, 일찍 돌아오셨네요."

눈물을 뚝뚝 떨어뜨렸다. 나도 정말 기뻤다.

"이젠 시골에 안 갈 거야. 도쿄에서 기요하고 같이 살 거야."

그 뒤 어떤 사람의 소개로 철도 회사의 기수로 취직했다. 월급은 25엔이었고 다달이 내는 방값은 6엔이었다. 기요는 으리으리한 대궐 같은 집은 아니었지만 나와 같이 지냈다.

"좋아요, 기뻐요."

늘 이렇게 말하던 기요는 올 2월 폐렴으로 죽었다. 기요는 죽기 전날, 나를 불렀다.

"도련님, 부탁이 있는데요. 내가 죽으면 도련님 다니시는 절에다 묻어 주세요. 무덤 속에서 도련님 오시길 기다리면 좋겠어요."

그래서 기요의 묘는 코비나타에 있는 요겐지에 있다.

도련님

◆ **작품 소개**

나쓰메 소세키(夏目漱石)의 중편 소설

1906년 4월 잡지 '호토토기스'에 발표되었고, 1907년 「메추라기 바구니」에 수록되었다. 이 작품은 철없고 고집불통인 '도련님'이 자신을 애지중지하는 늙은 하녀 기요를 떠나 사회로 나가서 세상을 알아 가는 과정을 그린 성장소설이다. 도쿄 출신 도련님은 교사가 되어 시골 학교로 부임하는데, 그곳에서 장난이 심한 학생들과 위선적인 선생님들 사이에서 여러 가지 일을 겪는다. 도련님은 교감 선생과 그에게 아부하는 미술 선생의 계략에 휘말려 옳은 것이 무엇인지 갈팡질팡하지만 결국 진실을 깨닫고 정의파 쪽에 서게 된다. 이 소설에는 1895년부터 1896년까지 마츠야마 중학교에서 영어 교사로 근무한 작가의 체험이 반영되어 있으며, 주인공인 도련님의 호기롭고 소박하고 명쾌한 성격이 해학이 넘치는 필치와 마음에 와 닿는 문체로 표현되어 있다. 그를 잘 이해하는 늙은 하녀 기요에 관한 묘사도 인상적이다. 나쓰메 소세키의 작품 중에서 가장 많이 읽히고 있는 작품이다.

◆ **줄거리**

주인공인 도련님은 어릴 적부터 말썽만 부리고 고집불통이어서 식구들에게 사랑받지 못한다. 오직 늙은 하녀 기요만이 도련님을 애지중지할 뿐이다. 부모님이 돌아가시고 형이 유산을 정리해 600엔을 주자, 도련님은 물리 전문학교에 입학한다. 도련님은 이때부터 기요와 떨어져 살게 되는데, 학교를 졸업한 후 도쿄를 떠나 시코쿠 근방에 있는 중학교 수학 교사로 부임한다. 도련님은 자기 안위만 지키는 교장 선생에게는 너구리, 겉과 속이 다른 교감 선생에게는 빨간 셔츠, 교감에게 아첨하는 미술 선생에게는 떠버리, 여기에 맞서는 정의파 수학 주임에게는 거센 바람, 군자 같은 영어 선생에게는 끝물 호박이라는 별명을 붙인다. 도련님은 숙직날 밤 메뚜기의 공격을 받는 등 학생들의 장난 때문에 고민하기도 한다. 한편, 도련님은 거센 바람에게 호감을 가지지만 빨간 셔츠와 떠버리의 이간질로 그를 오해한다. 그러다 마돈나 사건을 계기로 오해를 풀고 거센 바람과 한편이 되어 빨간 셔츠에게 맞선다. 도련님과 거센 바람은 잠복 근무 끝에 여관에서 기생과 놀고 나오는 빨간 셔츠와 떠버리를 붙잡아 흠씬 두들겨 패 준다. 도련님은 그다음 날 사표를 내고, 도쿄로 돌아와 취직을 하고 기요와 함께 산다. 그러나 머지않아 기요는 폐렴에 걸려 죽는다.

◆ 등장인물 소개

도련님_ 철이 없고 고집불통이다. 도쿄 출신이지만 시코쿠 근방에 있는 중학교 수학 교사로 부임하면서, 부도덕하고 부조리한 현실에 부닥치게 된다. 그러나 그러한 현실에 타협하지 않고 꿋꿋이 맞서는 호기로운 인물이다.

기요_ 주인공 집의 늙은 하녀이다. 다들 좋아하지 않는 도련님을 끔찍이도 위하고 애지중지하는 모성적인 인물이다. 도련님과 죽을 때까지 함께 사는 게 유일한 소원인데, 소원을 이룬 지 얼마 되지 않아 폐렴으로 죽는다.

거센 바람(훗타)_ 수학 주임 선생으로, 늠름하고 체격이 좋다. 오해 때문에 도련님과 갈등을 빚기도 하지만, 나중에는 오해를 풀고 도련님과 합심하여 빨간 셔츠와 떠버리를 혼내 준다. 학교에서 도련님과 유일하게 마음이 통하는 사람이다.

너구리(교장 선생)_ 거드름 피우기 좋아하고, 흐리멍덩한 성격이다. 여러 갈등 상황을 방관하며 자신의 안위만을 추구한다.

빨간 셔츠(교감 선생)_ 말솜씨가 뛰어나고 교활하다. 겉과 속이 달라 앞에서는 듣기 좋은 말을 하고 뒤에서는 남을 헐뜯는다. 자신의 권력과 돈을 이용하여 끝물 호박 선생의 약혼자인 마돈나까지 가로챈 부도덕하고 파렴치한 인물이다.

떠버리(요시카와)_ 미술 선생으로, 빨간 셔츠에게 아첨하는 인물이다. 마지막에 빨간 셔츠와 함께 도련님과 거센 바람에게 혼쭐이 난다.

끝물 호박(고가)_ 영어 선생으로, 착하고 조용하며 군자 같은 인물이다. 빨간 셔츠의 계략으로 약혼자를 빼앗기고 다른 학교로 떠나게 된다.

◆ **들어가기**

시중에 통용되는 지폐에 유명 작가의 초상을 새기는 나라는 아마 일본밖에는 없을 것이다. 한국 지폐에는 퇴계 이황이나 사임당 신 씨 같은 인물의 초상이 새겨 있다. 물론 그들도 시를 썼지만 화폐에 초상이 실린 것은 시인보다는 학자나 모범적인 어머니로 이름이 나 있기 때문일 것이다. 얼마 전까지만 해도 일본 천엔(千円) 권 지폐에는 일본 메이지 시대에 활약한 작가 나쓰메 소세키 (夏目漱石, 1867~1916)의 초상이 박혀 있었다. 지금 천 원 권에는 평생 황열병을 연구한 세균학자 노구 히데오(野口淸作)의 초상이 실려 있다.

　나쓰메 소세키는 흔히 '일본 근대 문학의 아버지'로 일컫는 소설가다. 이보다 한 발 더 밀고 나가 그를 두고 아예 '일본의 셰익스피어'라고 칭송하는 사람들마저 있다. 그는 모리 오가이 (森鴎外)와 더불어 메이지(明治) 시대의 대문호로 꼽힌다. 이 무렵 소세키는 소설가로뿐만 아니라 영문학자와 문학 평론가로서도 크게 활약하였다. 소설을 비롯하여 수필, 하이쿠, 한시 등 여러 장르에 걸쳐 다양한 작품을 남긴 그는 일본의 근현대 작가들에게 자못 큰 영향을 끼쳤다. 더구나 일본뿐만 아니라 중국과 한국 같은 동아시아, 심지어 미국과 영국 같은 서양에서도 폭넓게 연구되고 있다. 일본 문화를 연구한 미국의 인류학자 루스 베네딕트는 《국화와 칼》에서 그의 소설을 인용할 정도다.

소세키는 근대 일본의 소외된 지식인들이 놓여 있던 상황에 초점을 맞추어 이를 처음으로 명료하고 설득력 있는 문장으로 그려냈다는 평가를 받는다. 작품을 창작한 기간이 겨우 12년밖에는 되지 않는데도 그는 많은 작품을 남겼다. 그가 여러 작품에서 다룬 문제는 메이지 시대 일본 지식인이 겪은 갈등이지만, 비단 메이지 시대에 그치지 않고 오늘날의 독자들에게도 널리 공감을 준다. 그래서 그런지 소세키는 세상을 떠난 지 1백 년 가까이 되는데도 그 인기는 살아 있을 때처럼 여전하다. 얼마 전 아사히(朝日) 신문사에서 실시한 '천년의 문학자' 인기투표에서 그는 당당히 1위를 차지할 만큼 그의 작품은 '일본인의 교양서'로서 자리를 굳혔다.

소세키가 발표한 많은 작품 중에서도 오늘날까지 가장 사랑받는 작품은 역시 《도련님》(1906)과 《나는 고양이로소이다》이다. 후자가 주로 성인을 대상으로 삼은 작품이라면, 전자는 어디까지나 청소년 독자를 염두에 두고 쓴 작품이다. 《도련님》은 처음 발표된 지 1백여 년이 지난 지금까지도 일본은 말할 것도 없고 한국에서도 사랑을 받고 있는 소세키의 초기 작품이다.

◆ 작품의 배경과 내용

나쓰메 소세키는 1893년 7월 도쿄제국대학을 졸업한 뒤 대학원에 적을 둔 채 도쿄 고등사범학교 영어 교사가 되었다. 이때부터 그는 폐결핵에다 극심한 신경 쇠약증이 겹치면서 내면적 불안에 적잖이 시달렸다. 그래서 소세키는 이듬해 4월 갑자기 도쿄 고등사범학교 교사를 그만두고 시코쿠(四國)의 마쓰야마(松山) 중학교 교사로 부임하였다. 시골 학교 마쓰야마에서 보낸 일 년 동안의 단조로운 생활로 그는 몸과 마음을 어느 정도 다시 추스를 수가 있었다. 이때 겪은 경험을 살려 쓴 작품이 바로 《도련님》이다.

그런데 여기서 한 가지 눈여겨볼 것은 소세키는 이 작품을 문학적 열정에서 썼다기보다는 이 무렵 자신이 앓고 있던 신경질환을 치유하기 위한 목적에서 썼다는 점이다. 《도련님》을 쓰기한두 해 전인 1904년 12월 소세키는 한 친구의 권유를 받고 우울한 기분을 달래기 위해 《고양이전(猫傳)》이라는 해학적인 작품을 쓴 적이 있다. 그 친구는 이 작품을 《나는 고양이로소이다》라는 제목을 붙여 '호토토기스'라는 잡지에 발표하였다. 이렇게 소세키는 처녀 작품을 문학적 야심에서 쓴 것이 아니라 신경증을 스스로 치유하기 위한 목적으로 썼던 것이다. 이 작품이 독자들로부터 의외로 큰 호평을 얻자 그 작품을 계속 연재했으며, 그 뒤 곧바로 《도련님》을 이 잡지에 발표하였다.

세계 문학사를 자세히 들여다보면 어떤 작가들은 소세키처럼 육체의 질병이나 마음의 병을 치유하기 위한 수단으로 작품을 썼다. 물론 자아를 표현하거나 쓰라린 현실에서 도피하기 위하여 작품을 쓴 작가들도 있고, 또는 병든 사회를 구제하기 위한 좀 더 원대한 목적으로 작품을 쓴 작가들도 얼마든지 있다.

◆ 성장소설로서의 《도련님》

나쓰메 소세키의 《도련님》은 그 제목에서 엿볼 수 있듯이 나이 어린 소년을 주인공을 삼은 성장소설이다. 성장소설에 등장하는 주인공이 흔히 그러하듯이 이 작품의 또 다른 주인공 홋타도 고아다. 어머니가 먼저 사망하고 그 뒤에 아버지도 그가 중학교에 다닐 때 일찍 사망한다. 그래서 세상과의 인연이라고는 자신을 길러준 늙은 하녀 기요뿐이다. 《도련님》은 이렇게 고아로 자란 주인공 '도련님'이 온갖 경험을 겪으면서 정신적으로 성장해 가는 과정을 그린 작품이다.

스스로를 막무가내라고 부르는 '도련님'은 친구들이 이죽거리자 2층 건물에서 대뜸 뛰어내려 허리를 삔다. 한 번은 선물 받은 칼을 시험해 본다며 자기 엄지손가락을 뼈가 드러나도록 잘라내기도 한다. 무시당하기를 죽기보다 싫어하고 거짓말은 눈곱만큼도 하지 않는, 하녀의 말을 빌리자면 그야말로 '대쪽 같은' 성격의 소유자다. 이렇게 성장한 '도련님'은 마침내 시골 중학교 선생님이 된다.

도쿄에서 태어나 도쿄 밖을 나가 본 적이 없는 '도련님'에게 시골 중학교의 생활은 그렇게 녹록하지 않다. 교사로 부임해서도 그의 대쪽 같은 성격은 여지없이 드러난다. 학교는 사회를 축소해 놓은 소우주에 해당하기 때문이다. 《도련님》에 등장하는 인물들은 곧 사회에서 쉽게 볼 수 있는 사람들이다. 예를 들어 겉으로는 교양 있는 체하지만 실제로는 속이 엉큼한 '빨간 셔츠'(교감), 그를 열심히 따르는 '떠버리'(미술 선생), 일이 커지는 것이 싫어 문제의 본질을 회피하고 그저 안일하게 대처하는 '너구리'(교장), 그리고 실속 없이 마냥 사람 좋은 '끝물 호박'(영어 선생) 등 어느 집단에나 있을 법한 인물들이다. 물론 이 학교에는 '도련님'과 비슷한 정의파인 '거센 바람'(수학 선생)도 있다.

주인공은 이러한 온갖 인물과 부딪치면서 점차 성숙한 인간으로 발전한다. 주인공은 단순히 하녀 기요에게 총애 받는 '도련님'이 아니라 작은 힘으로나마 잘못된 사회를 바로잡고 남을 이해하는 진정한 '도련님'으로 발전해 간다.

◆ 작품의 중심 주제

나쓰메 소세키의 《도련님》은 나이 어린 소년이 '도련님'으로 성장해 가는 과정을 그린 작품이다. 고독 속에서 자라면서 '도련님'은 점차 책임감 있는 인간으로 성숙해 간다. 이 소설의 한 장면에서 그는 "나는 아무리 장난을 쳐도 항상 솔직했다. 거짓말을 하여 벌을 피할 심산이었다면 처음부터 장난 같은 건 안 해야 한다. 장난과 벌은 따라다니기 마련이다. 벌이 있으니까 장난도 마음 놓고 칠 수 있는 거다."라고 말한다. 그의 성격이 어떤지 단면을 엿볼 수 있는 대목이다.

또한 '도련님'은 냉혹한 현실에 조금씩 눈 뜨면서 좀 더 공평한 사회를 만드는 데 관심을 기울인다. 예를 들어 주인공은 하녀 기요가 형은 싫어하고 자기만 좋아하여 이것저것 챙겨주는 것을 두고 불공평하다고 생각한다. 교장 선생이 신임 교사에게 으레 설교처럼 늘어놓기 마련인 당부를 듣고 그대로 따르지 못

할 것 같아 사직 의사를 밝힌다. 또 부당한 술수에 말려 어쩔 수 없이 벽지의 학교로 전근 가게 된 동료 교사 대신에 자신의 월급이 오르게 된 사실을 알자 월급 인상을 거부하기도 한다.

그런가 하면 하녀 기요와의 관계를 통하여 따뜻한 인간애와 사랑의 소중함을 새삼 깨닫는다. 그에게 기요는 한낱 하녀가 아니라 육체적으로나 정신적으로 자신을 키워 준 어머니와 같다. 기요에 대한 사랑과 배려는 시골 학교에 도착하자마 그녀에게 보내는 편지에서도 엿볼 수 있다.

그러나 《도련님》은 범위를 좀 더 넓혀 보면 개인의 차원을 뛰어넘어 근대 일본이 성장해 가는 과정을 다룬 작품이기도 하다. 다른 나라도 마찬가지지만 일본도 막부(幕府) 중심의 전통 사회가 붕괴되고 근대 사회로 넘어가면서 여러 부작용을 낳았다. 서양의 근대화가 마치 성난 파도처럼 밀어닥치는 가운데 전통적 가치와 근대적 가치는 서로 충돌할 수밖에 없었고, 그 와중에서 개인은 숙명적으로 고독과 소외를 느끼지 않을 수 없었다. 이러한 역사적 전환기에 일본인들은 점차 이기적이고 속물적으로 변해갔다. 그리고 소세키는 이 작품에서 이러한 일본인들의 내면 풍경을 날카롭게 풍자적으로 묘사하였다.

그런데 따지고 보면 소세키가 《도련님》에서 풍자적으로 그리는 모습은 비단 근대 일본인의 자화상만은 아니다. 어떤 의미에서는 21세기 세계화 시대와 정보화 시대를 살고 있는 우리 현대인의 슬픈 자화상이기도 하다. 소세키가 일찍이 간파한 근대 문명의 일그러진 모습은 지금도 아직 유효하다.

◆ 작가 소개

나쓰메 소세키는 1867년 오늘날의 도쿄인 에도에서 태어났다. 본명은 긴노스케(金之助)다. 토지를 소유하고 관리하는 묘슈(名主)의 5남 3녀 중 막내로 태어났으며 집은 비교적 유복하였다. 그러나 태어난 지 1년 뒤 시오바라 마사노스케(鹽原昌之助)의 양자로 보내졌는데 양부모는 그를 무척 귀여워했지만 어린 시절은 보통 아이들에 비하면 매우 고독하였다. 열 살 때 양부모가 이혼하자 소세키는 시오바라 가의 호적을 지닌 채 생가로 돌아왔다.

소세키는 사립학교인 니쇼가쿠샤(二松學舍)에 입학했지만 문명개화의 시대에 영어의 필요성을 절감하여 1883년 영어학교 세이리쓰가쿠샤(成立學舍)로 옮겼다. 1890년에 도쿄 제국대학 영문과에 입학하였다.

영국 유학을 마치고 도쿄 제국대학 영문과 강사가 되었다. 그때 도쿄 제국대학으로부터 영문학 교수 추대 제의를 받았지만 거절하고 아사히 신문사에 입사하였다. 《개양귀비(虞美人草)》

이후의 모든 작품은 이 신문에 실렸다. 그의 대표작으로는 《도련님》 말고도 《산시로(三四郎)》, 《그러고 나서》, 《문(門)》, 《피안을 지나서(彼岸過)》, 《마음(心)》 등이 있다. 1916년 작품을 집필하던 중 위궤양 악화로 세상을 떠났다.